冯文军 著

潮起潮落

上海社会科学院出版社

目　录

自序……………………………………/1
序言……………………………………/3
英雄不问出处…………………………/7
冰雪狭缝处也有春天…………………/16
浮光掠影面面观………………………/26
贝伦塔上叹兴衰………………………/36
登上山丘观落日………………………/45
老而不朽的气质………………………/54
莫因贫富遮慧眼………………………/65
无法阻挡的野心………………………/75
为实用主义点赞………………………/83
强扭的瓜甜不甜………………………/92
自以为是的美…………………………/101
在天地轮回间领悟……………………/110

艳阳无关风和云.................../119

乐把他乡当故乡.................../131

因地制宜才是福.................../140

天生丽质难自弃.................../149

凤凰涅槃终有限.................../158

浪花淘尽英雄.................../167

寻找生活的意义.................../177

穿越归来不迷茫.................../185

自序

突如其来的新冠疫情，打乱了全世界的正常秩序，也中断了我们周游天下的脚步。闭门禁足的日子，只能靠一张张老照片重温美好的时光，凭借一篇篇游记和日记，去穿越时空，感叹历史。

在过去的十多年，伴随着我们旅游的足迹，从大西洋到太平洋、从北海到地中海，尽管大自然的潮起潮落司空见惯，而引申到人类社会的兴衰演变则时常令人深思。

海盗出身的挪威，因发掘石油而翻身致富，一举成为高收入、高福利的高度发达国家。15世纪开始即引领大航海时代的葡萄牙，从殖民地遍布欧亚非的海洋帝国又回落到不受人关注的西欧边缘小国。有"海上马车夫"之称的荷兰，虽然接掌海上霸主地位只有几十年，但从此踏上经济腾飞之路长久不衰。浪奔浪涌间，究竟是因果相依还是世道轮回？实在颇费思量。

当我们在马六甲海峡边为实用主义的新加坡点赞，赞美其多民族的和睦相处，转身又目睹了大西洋畔的西班牙巴斯克独立运动，无奈天下的

分分合合也像大海里的波涛涟漪永不停息。

中南半岛上势利小人得志便猖狂的野心曾使我们义愤填膺，而见过夏威夷岛上一片片荒芜的新土又难免叫人心灰意冷地哼起《红楼梦》中的《百了歌》。既然数千年的人类文明史在百万年，甚至百亿年的宇宙地质运动中完全不足挂齿，又何必自寻烦恼患得患失？不以物喜，不以己悲，古人之教诲实当作为曾经沧海之后应具的胸怀。

于是，在郁郁寡欢的封控日子里，不亦乐乎地修订起未曾收录于前几本专集的20篇大都是沿海国家的游记，希望出版成书，既作为特殊的抗疫纪念成果，也借此与读者分享感悟：只有看惯潮起潮落，才能看淡阴晴圆缺。历史的反复、世事的沉浮、企业的得失、个人的祸福，统统不过是浩瀚沧海之一粟。人类社会终究会向着一个方向曲折地进化，谁也阻挡不了！

作者

2022 年 6 月

序 言

认知世界　感受愉悦

中国古人多把"读万卷书，行万里路"作为人生的一大追求。虽然有山川阻隔、舟车劳顿，他们行走的脚步几千年间从没有止息，深深印刻在九州大地上。不仅如此，古人在"读"与"行"之外，还会"书万言文"，把行走时的观感和思索笔录下来。于是，在孤馆寒窗青灯下，在江枫渔火客船上，一篇篇思接今古、情景交融、意蕴隽永的文章传诸后世，流淌进我们的血脉中。旅行文学，始终是中国文学中的洋洋大观。

这种深厚的传统，虽有潮起潮落，却一直在我们的文学中得到接续、传承和弘扬。近几十年来，随着中国的国门越来越大地向世界敞开，国人行走的脚步无远弗届，从五湖四海到五洲四洋。与此相伴随的，是中国的旅行文学前所未有的兴盛和繁荣起来。在不断的行走中获得不竭源泉的冯文军，也从自己从事的工程建设领域腾身而出，跃入一个新天地，短短十多年里，用多本著作、

近百万字的创作，汇入到旅行文学逐浪而起的大潮中。

冯文军在1980年代后期即跨出国门，有着长期在欧洲工作和生活的经历。领风气之先、得地利之便，他像诗人笔下那"南来北去的飞鸿"，"将道路铺到苍茫的天空"，遍走欧洲的大都小城、名山峻谷、险岸曼湾。归国后，他的脚步没有停歇，亚欧澳美走得更畅，甚至深入到一个国家和地区的边边角角，触及腠理，细致体验。他笔下的文字，有记述和描绘，更有情感和思索，因此显现出不同一般的厚度和深度。

我自诩是一个旅行的爱好者，一直幻想着"身背行囊走天下"，但因为外在和内里太多的羁绊，始终缺乏"说走就走"的勇气，至今没能走得很远、畅快地达至自己的理想。为了弥补缺憾，我常读旅行文学作品，希望能追随别人的脚步和心路而神游。当我在大疫封控结束不久得以结识冯文军时，立刻为他如此丰富的行走经历而羡慕不已，也对他因此而开启的文学创作产生了浓厚兴趣。我把冯文军签赠的《云游笔记》《且行且思》《随踪而叹》当做案头书，随手翻阅。而近日读到他即将出版的《潮起潮落》，让我对他的创作有了些更为清晰的印象。

冯文军关于行走的这些文字，深怀一种别样的心态——他引用苏轼的名句"一蓑烟雨任平生"来概括。他的旅行，总是带着一种散漫的超然、自由的心绪，常有邂逅的欢喜和不经意的发现，不是"为赋新诗强说愁"，没有文化苦旅者那种深具压迫感的沉重，因而能更加自如地挥洒，更为现代行走者所激赏。虽如此，冯文军也并非浮光掠影地记录走马观花的所见所闻，他那简洁的字里行间，时时透出一种潮起潮落的思索，或者说像中国古人在记游时常抒的兴亡之叹，寥寥几语，让人顿悟。此外，冯文军堪称一个表达的高手，他善于用文字将一座城市、一个地方人格化，因而生动形象地揭示其个性和风范，我们看伊比利亚半岛名城波尔图的"老而不朽"、圣塞巴斯蒂安的"天生丽质"和毕尔巴鄂的"桀骜不驯"，就能真切地感受这一点。

冯文军前些年小游日本归来，曾写下心得，其中说："发现世界的多样性和复杂性，可以丰富我们的认知，也是极其有意义的经历。"而在西班牙千年古城圣地亚哥·德孔波斯特拉观察天主教朝圣者时，他感慨："是否踏上朝圣之旅是每个人的自主选择，也无论是否找到生活的意义，都不该影响让短暂的生命充满愉悦的本质。"我想，丰富我们的认知，让短暂的生命充满愉悦，应该成为我们所追求的行走的价值吧！

上海市作家协会党组书记、专职副主席　王伟
2022年12月于巨鹿路675号爱神花园

英雄不问出处

海洋文明是伴随着舰船的诞生而起的,那一刻海盗也同时出现。史上最出名的海盗当属北欧的维京人(古挪威语:vikingar),从公元8世纪到11世纪,维京海盗一直侵扰欧洲沿海和英国岛屿,其足迹遍及欧洲大陆至北极广阔疆域,影响之大,乃至欧洲的这段历史被称为"维京时期"。

曾经高傲地征服欧洲的维京海盗即是挪威、

▼挪威的山水

丹麦和瑞典的祖先，显然挪威人对其海盗的历史更为推崇，在首都奥斯陆郊外一个半岛上还设有世上独一无二的海盗船博物馆。馆内陈列着3艘在8—10世纪出没于北欧海域的海盗船——"奥塞贝格"号、"戈克斯塔德"号和"图奈"号。因为海盗称霸正是挪威历史上最昌盛的时期，挪威也由此联合成统一的王国，大海盗"美发王哈罗德"便是挪威统一的创始人。换言之，没有海盗就没有挪威王国！

历史的潮流滚滚向前，靠打劫抢掠起家的挪威，如今已是和平的家园，而且成为创建现代高福利国家的先驱之一。当我从奥斯陆市郊参观完海盗船博物馆来到市中心的市政厅，觉得特别有意思，因为这座双塔红砖建筑正是每年年底诺贝尔和平奖的颁发地。没有人说得清楚，为什么诺贝尔和平奖不与其他几个奖项一起在诺贝尔本人的故乡瑞典首都斯德哥尔摩评选与颁发。当全世界把期盼和平的目光聚焦于奥斯陆的褐色市政厅时，昔日大海盗挪威似乎变成了放下屠刀立地成佛的完美化身。

▲ 奥斯陆市政厅

的确，如果不刻意去参观海盗船博物馆，人

们早已忘记了青面獠牙的挪威海盗形象。从中央火车站方向进入奥斯陆最著名的卡尔约翰大街，立刻可以感受到一派祥和的气氛。正对着市中心绿地公园的浅黄色古雅建筑是议会大厦，虽不高大雄伟，却不失端庄别致。街道右侧是鳞次栉比的商家酒店，幢幢大楼高档大气，仿佛是气宇不凡各有英姿的奥斯陆上层社会人士在此列队迎客。大街左面的绿地公园里，喷泉吐出优美的造型，惬意休闲的人们或漫步其中或择席而坐。赫赫有名的国家剧院也坐落于此，门前易卜生的青铜雕塑，像是在提醒人们莫忘挪威近代史上现实主义戏剧繁荣的璀璨时光。隔街相对的是挪威最顶尖的奥斯陆大学，高等学府的至尊地位彰显无遗。大街的尽头是一片开阔的广场，壮观的挪威王宫远远地屹立中央，身后有绿树成荫的王宫花园环抱。这条以国王卡尔约翰命名的数百米长街，简直就是一个浓缩袖珍版的挪威王国，囊括了政治、文化、商业与休闲等全部要素，又如此紧密和谐地融为一体，世上少见。

▲ 维格兰雕塑公园

昔日野蛮的戾气荡然无存，如今安宁的景象处处皆是。游人必到的奥斯陆维格兰雕塑公园内非但弥漫着浓浓的文化气息，还蕴含深深的人生哲理。挪威雕塑大师古斯塔夫·维格兰花费20年的心血，采用青铜、铸铁或花岗石制成的192座雕塑和浮雕，合计有650个裸体雕像，栩栩如生地表现了人从出生到死亡各个时期的喜怒哀乐，通过"生命之桥""生命之泉""生命之柱"和"生命之环"四个章节将生命历程的众生相刻画得淋漓尽致。从惟妙惟肖的雕塑艺术上升到引人深思的哲理层面，折射出挪威人深邃的思想光芒，不由叫人感叹：人类文明的进步总是与经济的发展相得益彰。正如郑板桥书写的对联中的一句"饱暖富豪讲风雅"，当年杜月笙发达后不也建造藏书楼、勤练书法、乐当票友吗？富甲天下的挪威显然也推高了人们的思想境界。

自2001年挪威加入申根协议区，我曾多次到奥斯陆短暂游览，直到2009年夏天与夫人来挪威度假，才把匆匆的脚步迈向更广阔的天地。

从奥斯陆租车自驾往返挪威的第二大城市卑尔根，这座曾被评为"欧洲文化之都"的港口城市，洋溢着不同于奥

▲卑尔根旧城区

斯陆的另一种风情。尤其是被列为世界文化遗产的布吕根旧城区，沿着海湾而建的联排木屋，色彩鲜艳，屋顶尖尖，保留了中世纪的古朴风格，又给人童话世界般的美丽遐想。散发着海腥味的鱼市场，也成为彰显这里特色的一道风景线，因为它贩卖的不仅是各种新鲜的海产品，还包括这个海港之城的传统习俗。琳琅满目的各种海鲜、此起彼伏的商贩吆喝，令人觉得仿佛时光倒流，回到了挪威人靠海吃海的从前。乘坐缆车登上弗洛伊恩山顶的平台，可以将卑尔根城区和港湾尽收眼底，也使人情不自禁遥想当年挪威的祖先，是否曾从这里登船出发，去搏击风浪称霸欧洲的海域。喜欢卑尔根的游客很多，或许正是因为卑尔根更贴近挪威人以海为生、以海发家的历史，符合人们对古老挪威的想象。

▲ 俯瞰卑尔根

卑尔根是挪威西部海岸线上最大的城市，位于松恩峡湾和哈当厄尔峡湾之间。虽然我们没能去观赏这两个挪威最大的峡湾，但从奥斯陆前往卑尔根的途中也多少领略到挪威峡湾的深沉与壮

美。连绵陡峭的悬崖，曲折狭窄的槽谷，海洋与冰川历经数万年的携手作用赋予了挪威最美的自然风光，难怪被人称为享誉世界的挪威名片。我们却有点剑走偏锋舍近求远，把探寻的目光投向千里之外的北角（Nordkapp）——欧洲大陆的最北端。

回到奥斯陆机场归还租车，飞往挪威最北面的城市特罗姆瑟（Tromso），这个仅有7万人口的小城镇，竟是挪威的第七大城市。因为位于北纬69°20′，故得美名"北极之门"。由于餐饮酒吧数量甲冠挪威，被法国游客称为"北方巴黎"。正值8月的大伏天，走在特罗姆瑟的灿烂阳光下依然寒意瑟瑟，或许这独特的气候便是它的魅力所在。遗憾的是，餐饮店里服务员的表情也如当地的纬度与气候一样冷漠，消费价格之高位居欧洲前列，十分典型地代表了挪威的高冷形象。

我们驱车直奔600多公里之遥的北角，途中还要乘坐渡轮越过峡湾。一路上，碧水如镜，雪山起伏，空旷无人，仿佛行驶在世外天边，我俩独享仙境该有多么奢侈而畅快淋漓！然而，单调重复的审美疲劳，毫无烟火气的冷清，渐渐使人

▲ 特罗姆瑟街景

难忍枯燥与寂寞。终于经过一个小镇,看见路边有家中餐馆,入座后才知道,老板是上海老乡,亲切的乡音立刻缩短了彼此的距离。老板不见外地倒出一肚子的苦水:后悔20多年前离家来挪威想挣大钱,如今钱赚到了,可生活太无聊,老婆孩子都逃回上海了,留下他一人担负整个饭店的所有工作,常常连个说话的人都没有……

▲挪威山水

▼前往北角途中

经过十几个小时的车程,晚上 9 点多抵达北角,稍稍休息后来到世界尽头的观景台。此刻,北纬 71°的悬崖上虽暮色渐临,仍霞光满天,亦有不少游客专程前来观赏著名的"午夜太阳"。因为只有在这欧洲大陆的最北端才能看到极昼奇观:太阳落下地平线的瞬间,立刻又一跃而起。这里的夏季不再由黑夜来区分昨日和今天,真正是"日不落"的地方!

当游人为此难得一见的胜景激动欢呼的时候,我也不免感慨。眼前这个靠近北极严寒地带的山地小国,并无璀璨荣耀的历史,还长期被邻国欺凌侵占,何以被有些人称为理想的幸福家

▼北角的落日

园？其实，挪威多少年来一直是个偏于一隅的渔业穷国，而且天寒地冻。直到 20 世纪 60 年代末突然得到上帝的垂爱，让它在近海的海底发掘了大量石油，依赖石油收入再将"靠海吃海"的老传统进一步发扬光大，逐渐成为造船大国、航运大国和全球最大的海产品出口国，一跃而上，如今已是世上最富裕的国家之一，人均国民生产总值、人均收入、人类发展指数样样名列世界前茅。这个咸鱼翻身的经典故事似乎十分励志，可以鼓励苦苦挣扎的企业坚韧不拔地等待时机，使看不到希望的人们重树信心。然而，别国难以复制的"挪威模式"还证明了一个朴素的道理：机会并不等同于成功，还需要配之恰当的运作。否则，石油储量远超挪威的委内瑞拉为什么至今仍徘徊在贫困线上呢？

  潮起潮落间，沧海变桑田，昔日的海盗王国，成了受人青睐的童话般世界。这其中有多少东西值得人们去思考。

冰雪狭缝处也有春天

芬兰，距离我们很远的国家，远在欧洲的最北面。第一次听说它的名字，是小时候看电影《列宁在十月》，苏联十月革命的前夜，列宁坐火车从芬兰偷渡回国。芬兰在中国的声名鹊起，可能缘于20世纪90年代流行芬兰桑拿浴以及后来诺基亚手机的畅销，也可能与人们把它当作圣诞老人的故乡有关。

随着2001年3月北欧五国加入申根协定正式生效，我旅游的脚步开始多次迈入芬兰的首都赫尔辛基。老实说，在北欧五国中芬兰的旅游资源是最少的，唯一比其他四国强的是可以用欧元。不像去丹麦、瑞典、挪威和冰岛都要事先兑换好该国的货币，很不方便，如事先备少了，在当地还要找地方再兑换，没用完的当地货币，又要兑换回欧元或美元，来回兑换自然损失不少，在芬兰就少了这些麻烦。当然，不管芬兰是否有美丽的风景，我与国人中许多人到此一游的主要动机差不多：周游世界的战绩表里可以又增加了一个国家。

连续多次前往赫尔辛基，真的没给我留下多

少美好的印象。市区那几个称得上景点的地方，我闭着眼睛都能数出来。

这座城市的标志性建筑，是市中心参议院广场上的白色大教堂，巍然耸立于几十级台阶之上，据说是为了城市的各个方向都能看到。很少有教堂像它这般优雅，通体雪白色，戴上几个绿色的圆顶帽子，气宇非凡，十分别致。每次从瑞典的斯德哥尔摩坐邮轮过来，首先映入眼帘的就是高耸于一片建筑之上的这座赫尔辛基大教堂。所有游客几乎必到参议院广场打卡，除了登临大教堂，还能欣赏广场四周新古典主义的经典建筑，以及广场中央依旧保存的亚历山大二世雕像。沙俄统治芬兰百年之久的印记，在这座城市里彰明昭著。

相距600米开外另有一座红教堂，矗立在

▼赫尔辛基大教堂

有桥梁连接的一个小岛的岩石上。它与赫尔辛基大教堂的风格迥然不同,红砖色的外立面,青铜尖塔上还有金色的蘑菇头,一看便知是东正教风格,据说称得上斯堪的纳维亚半岛上最大的东正教堂。

两座教堂之间面向南码头的是著名的集市广场,常年设有露天自由市场,出售新鲜蔬菜和水果。每逢周末,还有更多传统工艺品、旅游纪念品的商贩也纷纷加入摆摊。林木业是芬兰的支柱产业,各种手工木制品堪称精美绝伦。我前几次来赫尔辛基,都要逛逛集市广场,选购几件中意的木制品,如精巧的香槟酒杯、咖啡杯等,带回家招待朋友时炫耀一下,很有特色和意义。

▲东正教堂

往西约两公里的岩石教堂也吸引游客慕名前来。虽然它的历史并不悠久,但造型很独特,入口如隧道,外形似飞碟,它是利用岩石下挖,然后盖上玻璃圆顶,内部没有一根立柱,简洁而又庄重。

再向北约两公里靠海湾处便是芬兰伟大的音

乐家西贝柳斯的纪念公园，他所创作的交响诗《芬兰颂》被誉为芬兰民族精神的象征，所以西贝柳斯也被人敬仰为爱国主义的杰出代表。园内用数百根钢管组合制成的纪念碑，造型前卫，富有创意，既像管风琴，又如一组跳动的音符，仿佛时刻在奏响芬兰人民不屈不挠的战斗乐章。

▲岩石教堂

然而，芬兰的黑夜实在过于漫长，上帝的阳光对于它太吝啬了。记得2002年10月下旬与朋友在赫尔辛基大街上游逛，下午三点半天空已经一片昏暗，无法拍照，飕飕的寒风硬是把我们逼回了宾馆。

芬兰的物价贵也是惊人的。2004年夏天，我携父母和姐姐周游欧洲数国，回国途中在赫尔辛基转机，顺便去城里转转。在市中心的中餐馆午餐，每人一个菜一

▲西贝柳斯纪念园

碗饭，花费约合人民币1 000元，老父母心疼得直呼后悔。

芬兰也确实没什么好玩的。2011年10月，我陪东北的客户再来赫尔辛基。来自冰雪之乡的东北人不理解，这里还没到天寒地冻怎么大街上就如此冷清？晚上窝在宾馆太无聊，不如去见识一下举世闻名的芬兰浴。于是，每人额外出资100欧元小费请导游带去郊外一个据说是很有名的桑拿浴房。结果，黑夜里小河边的一栋乡村别墅让大家体验了什么是古朴和经典，创造过中国浴场文化传奇的东北哥们，个个遗憾地摇头：还不如咱家门口的大浴场豪华与丰富呢！

直到后来发生的两件事直接扭转了我原先对芬兰的印象。

那是2015年春天，我与夫人乘坐邮轮游历

▼邮轮码头

▲ 游行聚会

波罗的海各国，五一节那天恰巧停靠在赫尔辛基。我自告奋勇担任导游，带着第一次来此的夫人走马观花般地到各个著名的建筑前报到。冷清枯燥，是我下船时对夫人反复强调的赫尔辛基概貌，不料没多久就被重重地打脸了。

步入市中心的 Espladadi 林荫带，居然是人山人海、人声鼎沸，我俩顿时被惊傻了：这是芬兰的赫尔辛基吗？虽然我俩在意大利的西西里岛见过当地居民晚上浩浩荡荡的游行式聊天，但气氛也没有眼前的这般热烈。停下脚步慢慢观察才发现，原来是五一节的自发游行。虽然没有横幅和口号，但是男女老少激情洋溢，兴奋异常，有的唱着歌，有的挥舞着手中的小气球。在海滨的绿地公园里，黑压压的一片人头完全不逊色于上海节日里的外滩，有的席地而坐自带香槟美酒，大部分人都站着三五成群地兴奋交谈，不时有人互相拥抱，有人发出欢呼，俨然一场盛大的庆典。那一刻，我仿佛看到冰封千年的火山突然爆发，炽热的岩浆喷涌流淌。

我前后来过赫尔辛基近十次，从来没见过这么多的人，也没看到过内敛的芬兰人也会如此欢快和洒脱。难道是这几年间芬兰发生了翻天覆地的变化？非也，显然是我原来对芬兰还不够了解。前几次常去的中餐馆已经关闭，好不容易找到另一家中餐馆，里面竟然坐得满满的。在漫长的等餐以及与老板娘断断续续的问答中才搞明白为什么今天赫尔辛基像是全城的人都出动上街了。

芬兰地处北纬60°—70°之间，最南端的赫尔辛基也比咱中国最北端的漠河还高出10°，每年只有6月、7月、8月、9月四个月的时间日照比较充分。今天是五一节，虽然天气远还没有暖和，大部分人穿着羽绒服，但是却预示着春天即将来临，最受当地人喜爱的夏天随后便到。对于芬兰人来说，经过冬季的漫漫长夜，五一之后才是每年真正的开始，他们自然要紧紧抓住并充分享受短暂的美好时光。

夫人说，芬兰人太可怜了，全国1/3的土地在北极圈内，常年的天寒地冻暗无天日，如此恶劣的自然环境如何受得了？我补充道，确实是个苦难的民族，除了自然条件差，历史上芬兰还一直被相邻的瑞典和俄罗斯两个强国欺凌霸占。

上网不难查到，自 13 世纪中叶开始芬兰不断受到西面瑞典的侵扰和蚕食，至 14 世纪中叶后完全被瑞典占领和统治。19 世纪初随着瑞典战败于俄罗斯，芬兰终于摆脱了瑞典人长达 400 多年的统治，却又被东面的俄罗斯帝国吞并，成为其下属的芬兰大公国。芬兰的独立，纯粹源于一个偶然的机会，因为 1917 年俄罗斯正在进行十月革命，无暇

▲城外小岛

顾及这个附属国。而第二次世界大战中芬兰又两次遭到苏联的入侵，虽然曾勇敢地反击，创造出以少胜多的战绩，但最终还是胳膊拧不过大腿，做出了割让领土的让步。

当我们登船挥别赫尔辛基的时候，心里滋生出一种从未有过的同情，目送渐行渐远的白色大教堂，觉得它就像一朵白色的铃兰花（芬兰国花），在冰雪里顽强地怒放。

2018 年全球幸福指数出炉，芬兰排名第一的消息让许多人大跌眼镜难以置信。虽然我没有去研究评价幸福指数有哪些标准，但我很清楚芬兰是个高收入、高福利的国家，人均 GDP 远高于欧盟的平均水平，还曾于 2012 年被评为全球

最清廉的国家。不管如何，芬兰在恶劣的自然条件和复杂的地缘政治环境中还能取得让人不可思议的成就，怎么说都是一个十分励志的传奇故事。

我脑海里不断浮现起芬兰人一张张不苟言笑的脸，我为他们总结了一个共同的名字——务实。这种务实，体现在高度的自知之明，把本来不利的先天条件化作了后天更加明智的行动。比如：了解自己"出身贫寒家境困难"，所以顽强拼搏加倍努力；知道左邻右舍虎视眈眈不好惹，所以小心翼翼和睦相处，而且早早地宣布成为永久中立国，避免对抗，杜绝他国侵扰。这种务实，还体现在一心一意过好自己的日子，不张扬、不折腾、不膨胀。除了高物价，芬兰人简单、低调，甚至枯燥的日常生活，几乎看不出他们的富裕水平。古往今来，反面的例子则不计其数，似乎富裕了难免会伴随得意忘形和骄奢盛行，就像不少企业没有倒在艰难的创业路上，却垮在成功后盲目的快速扩张中。

▲赫尔辛基市中心的雕塑

赫尔辛基，因城里有大量浅色花岗岩建筑而被人称为"北方洁白的城市"，恰如冰清玉洁的芬兰，它的本色就是简单、低调和务实，虽然谈不上漂亮，但是值得尊敬。千年的冰雪铸就了芬兰人败不馁、富不骄的气质和极其冷静的头脑：过自己的日子，让别人去闹腾。我也从中懂得：守住一颗平常心，就是守住一种幸福！

浮光掠影面面观

去国外旅游，如同走马观花，但纵然是浮光掠影，点点滴滴串联起来，也像一面面镜子总能折射出这个国家和民族的影子。2016年夏天，我们全家赴日本度假旅游，各种各样的经历可以比作一块块拼图，合在一起组成了一个多面性的日本。

我们美美地做好了上海—大阪—北海道—东京—上海的旅游攻略，完全没料到，尚未启程就处处遭遇不顺。我们出国一般都是租车自驾，曾在欧美几十个国家畅行无阻，哪知道在日本租车却很不容易。首先，日本对驾照有严格的规定，中国的驾照肯定不行，欧盟的驾照也只认可其中7个国家颁发的。幸好本人持有的欧盟驾照乃德国颁发，属于日本承认的7国之一，但还需要经当地使领馆或日本汽车协会的翻译公证，这也与国际常规很不相符。好在我有贵人相助，大阪的友人主动帮忙联系了当地的汽车协会，用我驾照的扫描打印件顺利办妥了翻译公证。接下来预定在札幌租车又遇到麻烦，登录日本的各大租车公司网站，竟然没有得到一个肯定的回复，有的直接显示无车，有的则一再推迟确认的时间，直到我们出发前两天还说要继续等待。夫人虽"身经百战"，此时终于沉不住气了：发达的日本怎么连个东欧的小国都不如？我也心生疑窦：这是我们要去的日本吗？如果不是早已买好了机票，真有点想打退堂鼓了！

再次联系日本的好友，请求用日语给各大租车公司打电话订车。原来正巧遇上日本的省亲节，所以租车供不应求。好友从本田租车公司得到回复：还剩最后一辆"飞度"小车，于是心急火燎地打来越洋电话催问我要不要，并再三警告说：这是唯一的机会了！那语气就像抢到一块稀世珍宝

▲ 大阪城区

似的。我当然更是激动万分，连声高喊：有车就行！不管什么车都要！一会儿好友发来微信告知，租车搞定了，届时会有人在札幌机场举牌子接我们。没有书面的确认订单？不需要我的任何个人信息？不要求我的信用卡担保？不怕我临时变卦？我与夫人都是将信将疑，好友只回复一句话：日本人是很讲信用的！

出发前的一番折腾，我们的心情犹如坐过山车一样忽上忽下起伏不定，从向往到郁闷，由失望转欣喜。日本在我们心目中原本高大的形象也变得模糊起来。

在大阪停留两天后我们将飞往北海道，宾馆服务员告诉我们，国内航班只需提前一个小时到机场。没想到我们抵达机场后一阵紧张忙乱，虽有丰富的国际旅行经验，一时却难以适应，后悔没有再提前一点到机场。

办理登机牌和托运行李一般都是同时完成的事，在这里被分成了几个步骤，必须分别排队。可能是出于对安检的重视，需排队先将托运行李过安检，由工作人员在行李上贴上封条后，再到另一处的柜台才能办理托运手续。且不说重复排队耽搁时间，关键是我们事先一无所知，与不谙英语的工作人员交流又特别费力，难免手足无措。望着不宽敞的办理大厅里黑压压的人群，虽都是与我们一样的亚裔脸，却感觉是一个全然陌生的世界。

机场里日本人的"创举"还有很多，摩肩接踵的人群中，怎么找到排队的队尾？不必担心，每个队伍的队尾都有一名工作人员高举一个牌子，牌子上写着几号柜台排队的队尾，还不断有服务人员举着航班号的牌子来回走动高声提醒，时间紧迫的可以优先办理手续。此起彼伏的大嗓门和高语调不绝于耳，堪比集市上小贩的吆

▲ 札幌市景

喝。以前总听人说日本是个很安静的地方,现在看来任何事情都不是绝对的。细心的儿子还留意到,所有的提示吆喝都是仅用日语,从不用英语重复播报一次。难道这人性化的服务仅适用于日本人吗?咱国内的大小机场哪个没有英语广播?即使发音不准,可国际化的姿态丝毫不少。而眼前赫赫有名的大阪机场怎么会没有一丁点的"洋味"呢?

抵达札幌的新千岁机场,本田租车公司如约来人举着牌子迎接我们,我们高兴地连忙上前打招呼,可来人一语不发,只是微笑地点点头,示意我们跟着他走。走出航站楼、在机场巴士站等候、乘坐巴士前往附近的停车场、引导进入租车公司的小屋,整个过程半个多小时,这位相貌堂

堂朴实腼腆的日本中年男人始终彬彬有礼,却从没有开过口。正当我们怀疑他是不是个哑巴时,听到他用日语把我们介绍给一个年轻的同事。

自称会一点点英文的日本小伙子为我们办理租车手续,常规条款无需解释彼此一点就通,轮到最后的附加保险项目,小伙子费劲地解释老半天,我们依然听不懂他要表达的意思,急得他头上直冒汗。我对夫人说:别难为他了,多买点保险总没错的。随后夫人便以一连串的 OK 才勉强办妥了租车手续。望着这个比我儿子大不了几岁的日本小伙子,我按捺不住心头的疑虑:札幌新千岁机场是全日本面积最大的机场,也是北海道与外界交通联系的主要门户,不通外语怎么面向每年几十万的外国游客提供服务呢?再殷勤的鞠躬毕竟不能代替语言的交流。

相似的尴尬无独有偶。来到富良野的一家中国料理店,推门而入发现是一对日本老夫妻在经营,简陋的饭店只有几张餐桌,待我们入座后老板娘递上餐牌,可彼此一句话都没法交流。正在犯难之际看到还有一位十多岁的小姑娘也在忙碌,估计是老夫妻的子女,夫人赶忙招手让她过来并用英文问道:会说英语吗?小姑娘竟是一脸的茫然,且不停地摆手往后退,像是要逼她做什么天大的难事。无奈之下,我们只能指着餐牌上的图片每人订了一碗面条。女儿好奇地问我:她们在学校里不学英语吗?怎么连一句英语都不会说？我无以回答，联想到有一种传说，在日本之所以要求国际驾照必须经过翻译公证，就是因为警察也看不懂英文。虽然无法考证其真实性，但此刻让我觉得可能性很大。只是怎么也想不明白：不懂外语的日本人是如何走遍天下，把汽车、家电、照相机销往世界每一个角落的？

种种意想不到的经历确实令我们有些失落，因为按照常理，这些与经济发达、管理先进以及国富民强的头衔显然对不上号。然而，我们也早有耳闻，日本大和民族的骨子里充满着矛盾，既现代又传统，既开放又保守，百闻不如一见，我们来此旅游，也正是想在实地体验风土人情中更全面地了解这个国家和民族。果然，在后续的游程中我们又看到了日本人的许多另一面。

来到人称北海道第一景点的富良野，

▲梦幻花田

▲富良野花田

蜚声遐迩的花田确实名不虚传。早在1958年，富田农场的创办人富田忠雄发现当地的气候条件与法国的普罗旺斯相仿，开始引进并大面积种植薰衣草，成就了富良野梦幻花田的美名。邻近的"四季彩之丘"，似彩色的丘陵高低起伏，更像一张鲜艳的七彩大拼图，蔚为壮观。看到络绎不绝的日本游客沉醉在花海里流连忘返，我们跟随他们的脚步也情不自禁地赞美这富有创意的人造景观，资源匮乏挡不住日本人对万紫千红美好世界的精神向往。

在港口小城小樽，找到它最著名的地标——

▼小樽运河

运河畔的散步道，许多旅游书上不惜笔墨颂扬的地方。乍一看就是一段极其普通的河滨步道，从浅草桥至中央桥约200米长，运河的一侧是一排砖砌的旧仓库，如今大都改成了餐饮或商店。但它却吸引了无数的游客在这里久久徘徊，我们见到一对日本老夫妻几次请人给他俩以运河和仓库为背景合影。因为小樽曾有过辉煌的历史，它曾是大正时期日本最大的港口。过气的商贸港，如今恰似那旧仓库通过更新已然成为洋溢着浪漫气息的观光重镇，牵动着人们怀旧的心。

与日本本州岛隔海相望的函馆，在海岸区

▼函馆俯瞰

的红砖仓库群前同样每天簇拥着一批批怀旧的游客。但坐缆车登山的人更多，我们排在长长的队伍里，起初很难理解：为什么身边这么多的日本游客愿意静静地等候几个小时？当登顶俯瞰到函馆半岛两边临海的壮阔胜景，无人不为之振奋。虽然看不清山下密密麻麻的建筑，但能从中感受到这座最早开放的港口城市延续至今的繁荣。难怪日本人自豪地宣称，这里欣赏到的夜景，名列世界三大夜景之一。

返回到北海道的首府城市札幌，正值当地每

▲札幌啤酒节

年一度的啤酒节，热闹的场面完全可以比肩德国的慕尼黑。以前在影视剧里看到的札幌大都是冰天雪地，原来它也有如此喧嚣炙热的时刻。在震耳欲聋的狂欢声中我们恍然大悟：平时看上去十分内敛，甚至隐忍的日本年轻人，也会爆发出不亚于欧美人的热情和奔放。

取道东京回国，特大型都市的精细化管理使得一切井然有序，令我们佩服之至。发现街上很多是紧凑型的小车，听说大部分家庭的住房面积约 80 平方米。经济发达的日本何至于如此节省？好友回答我们：这正是日本人极度的自我克制力和自觉性，因为他们深知自己国家的资源十分贫乏。此时，不能不叫人肃然起敬！

从日本归来我写下心得：一个民族的多重秉性，自有其形成的原因和存在的理由，我们没有必要去做无谓的评判。发现世界的多样性和复杂性，可以丰富我们的认知，也是极其有意义的经历。别人眼中的幸福，我们没有理由去惊动。

▲ 东京一瞥

▲ 贝伦塔

贝伦塔上叹兴衰

　　葡萄牙首都里斯本的地标建筑是哪儿？未必会有统一的答案，但我始终认为，非特茹河畔的贝伦塔莫属。我每次来里斯本，都会去贝伦塔看看，并非因为贝伦塔的建筑有多么漂亮，或是它拥有世界文化遗产的光环，而是贝伦塔极具象征意义，葡萄牙的兴衰历史与它密切相关。

　　这是一座只有三层的水中城堡，没有给人高大威武的感觉，但它在葡萄牙人心目中的崇高地位，绝不会亚于美国人眼中的自由女神像。当年葡萄牙征服世界的航海船队正是从这里扬帆起航，开辟亚非航路，发掘美洲大陆，一时风光无限，财源滚滚而来，葡萄牙海上帝国的黄金岁月由此开启。位于特茹河北岸大西洋出海口的贝伦塔，正是葡萄牙人于最辉煌鼎盛的 1500 年兴建的，既是为了扼守里斯本的门户，实则也是纪念这个神圣的出海起点。

2016 年秋天，我第三次来到贝伦塔前，正值乌云笼罩，阴雨绵绵，上涨的河水使得贝伦塔变矮了许多，在秋风秋雨的猛烈拍打之下，贝伦塔更显灰暗落寞。我们打着雨伞走进贝伦塔，再次重温它的高光时刻。

葡萄牙偏居欧洲的西南角，是个毫不起眼的丘陵小国，而且土地贫瘠，资源匮乏，突然有一天咸鱼翻身成为大航海时代的先驱，应归功于一个叫恩里克（又译作亨利）的王子。1415 年，十分贫穷的葡萄牙做出了一个震惊整个欧洲的举动，恩里克跟随他的父兄带领一支船队驶过直布罗陀海峡，一举攻占摩洛哥的穆斯林港口休达。在这个重要的贸易中转城市，恩里克第一次瞥见了来自非洲和东方的众多财富，激起了他的万丈雄心，于是他大胆地设想，如果能绕过伊斯兰世界的屏障，沿着非洲海岸一路南下，抵达轴线的另一端，将会获得无穷无尽的财富。为了这个宏伟蓝图，恩里克并非亲自去

▼特茹河畔的市景

航海探险，而是先创办航海学院培养水手、资助改进和制作新的航海仪器，同时投入大量精力和采取诸多优惠措施鼓励造船，还冒着争议与风险不拘一格地吸收国外各族群的人才，包括敌对的摩尔人。一场破天荒的航海运动在葡萄牙轰轰烈烈地兴起了，幸运的是，恩里克的航海探险计划也得到了几任国王的支持。从 1418 年派出第一支仅有一艘横帆船的探险队，至 1460 年恩里克去世，一批批船队的一次次出征，历经失败和无功而返，也遭遇国内巨大的批评和阻力，但恩里克坚定而执着，终于成就了集探险、殖民以及商品和奴隶贸易为一体的航海大业，为葡萄牙经济的飞速发展和黄金储备立下不世之功，从而赢得了欧非贸易和欧洲贸易的重要话语权。恩里克离世后，葡萄牙人引领大航海时代的脚步并没有停止，恩里克开启的垄断印度洋贸易的梦想依然指引着后人前赴后继。1498 年，达·伽马绕过好望角终于找到了通往印度的"海上丝绸之路"，1500 年，卡布拉尔意外抵达了美洲新大陆巴西，持续一百多

▲ 葡萄牙小镇

年的葡萄牙航海大发现撑起了一个殖民地遍于亚洲、非洲和拉丁美洲的繁荣的海洋帝国。

登上贝伦塔的露台,可以眺望大西洋的入海口,我们想象当年满载着非洲黑奴、印度香料、巴西黄金的葡萄牙商船浩浩荡荡意气风发地驶来时,是何等的壮观与荣光!此时,历史学家们争论不休的千古话题又会再次回响在耳边:究竟是时势造英雄还是英雄改变世界?或许这个难题永远无解,但是无论如何,能人的作用不容低估。作为功名卓著的大航海家,恩里克的影响力远甚于葡萄牙的几代国王,因为他的名字与大航海时代以及葡萄牙的辉煌已经密不可分。遗憾的是,几乎是同时期、比恩里克派出的探险船还略早十几年的中国郑和下西洋船队,虽阵容更强大、装备更先进,但却未能为国家创造海外贸易的巨大价值,而且在1433年郑和第七次远航命丧大海之后,大明朝也终止了远洋航海。中外两个相似但结局完全不同的航海故事,令人嗟叹不已,如果比作当今的企业经营同样意味深长:需要有明锐的眼光发现机遇,更要有凌厉的身手抓住机遇、用好机遇,而身怀雄才大略的领军人物至关重要。

▼贝伦塔的露台

再次仔细端详贝伦塔，主要用于军事防御的堡垒，外表竟会建造得极其华丽，号称是当时流行的曼努埃尔建筑风格的经典。繁复的雕花、过多的装饰，与其说是张扬奢华，不如说是炫耀财富，真实反映了葡萄牙当年不差钱的土豪心态。贝伦塔象征着取之不尽的摇钱树，里斯本从这里走向名噪一时的世界贸易中心，东西方形形色色的商品汇集于此待价而沽，葡萄牙铸造的金币成为当时抢手的国际货币。然而，成也萧何败也萧何，与印度和非洲贸易中带来的巨额收入、从巴西和非洲源源不断运来的黄金，满足了王公贵族们的享乐与奢靡，也泯灭了葡萄牙人的进取心。当财富如潮水般涌入里斯本，王公贵族们忙着修建各种豪华宫殿，极尽铺张靡费，却没有适时创建可持续发展的工业体系。类似今日依赖租金和利息收入的富二代们躺着数钱，哪里还会费尽心机地投身于制造业的辛劳之中？

葡萄牙依赖航海冒险仅维持了一个多世纪的繁荣强盛，如同昙花一现，让人扼腕叹息。正如我们在老城的山丘上见到的卡尔莫修道院，这座15世纪哥特式的建筑曾经那么

▼卡尔莫修道院

壮丽精美，如今只剩下残垣断壁，虽然是遭1755年的大地震摧毁，但从它的前世今生联想到贝伦塔下的潮起潮落，难免引起人们"无可奈何花落去"的惆怅。或许这种惆怅使得我们的神经过于敏感，当我们漫步在狭窄陡峭的小巷里，经过一片灰暗甚至破旧的建筑，感觉像

▲里斯本城区的老房子

是置身于一个偏远落后的小山城，无法相信这里曾是富甲天下的黄金帝国。我不禁与夫人调侃道：葡萄牙人有点像个不会过日子的败家子。如今他们会不会有一种"常将有日思无日，莫待无时思无时"的哀叹？

频频出发的葡萄牙船队，最早开始远航大海探索未知的世界，启动了无穷尽的全球交往，里斯本随之成为五光十色的淘金热的中心，各种种族和肤色的人蜂拥而来，也最早将葡萄牙带向国际化与多元化。

我们入住在里斯本市中心由古老宫殿改造成的五星级宾馆，只见拉门的中年服务生身着红色制服，有点亚洲血统却又肤色黝黑，若头上再包上一块头布的话则与以前上海滩的印度差役无异，恍惚间我们还以为自己跑错了国家。想到人们时常会争论欧洲哪个国家的人种最漂亮，一直

众说纷纭难有定论。如今在葡萄牙周游一圈，脑海里突然闪出一个念头，若是要评选欧洲人颜值最低的国家，估计能在这里找到答案。当年由于国家小、人口少，跟不上殖民帝国过度扩张的步伐，葡萄牙便极力鼓励本国人与外族通婚。照常理说，混血儿一般都很漂亮，令人纳闷的是，几百年前就开始国际化混血化的葡萄牙人成了最不像欧洲人的欧洲人：高鼻梁、绿眼睛，却又个子矮小，脸型和眼形有东方人的痕迹但不少人的肤色又有非洲人的影子，兼有欧亚非人的基因，又都不完全相同。如果想要在里斯本的大街上路遇帅哥靓妹，其概率大概与中彩票差不多。

远航的商船带回了财富，带来了黑奴，也带来了各地的习俗，使葡萄牙形成了混杂的多元文化，就像一个常年出差的人把所到之处的各种土特产带回家堆满屋子，让人再也无法分辨出它原来的风格。葡萄牙建筑上常见的瓷砖画被公认为是它闪亮的艺术风格，有的是一大片的阿拉伯式花纹图案，还有的一看便知是来自中国的蓝色青花瓷，而画面的题

▲ 里斯本火车站

材又是欧洲的人物与场景。有着葡萄牙灵魂之称的法多音乐中则混合着阿拉伯、吉普赛和西班牙等多民族的气息，有忧郁和哀怨，也有渴望与浪漫。更加离奇的是，位于里斯本郊外辛特拉山顶上的佩纳宫，享有盛誉的国王行宫城堡，竟然也是个多幢建筑拼接、多种风格混搭、多种颜色堆积的大拼盘。"海纳百川"成了葡萄牙多元文化最体面的诠释，但也可以捎带贬义地定义为大杂烩，就像葡萄牙的海鲜大餐。坐在葡萄牙菜系的餐馆里，时常看到服务员端着锅子来回穿梭，大惑不解。直到我们陆续品尝了海鲜饭、什锦海鲜和炖龙虾之后，这才恍然大悟，原来个个都是用煮菜的锅子端上桌子的。面对混杂着龙虾、大虾、鱿鱼、蛤蜊等多种海鲜的大杂烩，我们似乎也明白了什么是葡萄牙的多元化。

▲ 佩纳宫

▲ 宫殿里的瓷砖画

▲ 海鲜杂烩

嘴里咀嚼着混合了多种滋味的海鲜饭，心里却在思量，葡萄牙开创的国际化、多元化与如今人们提倡的全球化是不是一回事？五六百年后的今天，国际化、多元化的内涵和标准自然都有了提升，但如果其本质还是让每一个国家与民族都失去自身原有特色的话，那究竟是人类社会的进步还是悲哀？

葡萄牙人引以为豪的贝伦塔承载着无数美好的记忆，也孕育和见证了葡萄牙的兴衰与变迁，这一切不正是佛法所说的因果相依吗？又仿佛是世道轮回的再现。站在贝伦塔上，看见新一轮的全球化浪潮正不可阻挡地滚滚而来，不知又将把我们带向何方。

▲里斯本周边小镇

登上山丘观落日

在德国居住的10年里听到有关葡萄牙的消息，大多是与落后相关的，但因与德国相距太远，一直没有机会去亲眼看看。回国定居后，2000年夏天我才第一次去葡萄牙的首都里斯本，感觉与想象中的差不多，无非是破落地主家里尚有几件值钱的古董。以后再来时，内心始终有些居高临下的不屑和恨其不争的惋惜，类似大上海人来到山西平遥县城的感觉。

又过了十多年，葡萄牙的旅游热渐盛，不少欧洲人喜欢这里古迹甚多但物价便宜。2016年秋天我们也再一次来到里斯本，或许是因为心境随着年龄的增长而发生了变化，熟悉的场景竟然色彩不一样了，就像一张灰暗的老照片被人一下子提高了饱和度和锐度。于是我们静下心来，放慢脚步，重新去认识里斯本一个个似曾相识的景点。

里斯本就像一个开放的

▼佩德罗四世广场

露天博物馆，每一处都在展示着这个国家的历史和民族的习俗。

前往老城的商业中心区，大多需经过长方形的佩德罗四世广场，广场的地面是用黑白碎石拼出的花纹，如涌动的波浪，简洁而别致，仿佛是刻意地标注葡萄牙与大海的深厚渊源。

进入奥古斯塔步行街，餐馆鳞次栉比，露天摆放的桌椅一字排开，游人不断地被招呼入座。长长的步行街俨然一座老洋房里的大客厅，由黑白碎石拼成图案的地面如大理石般整洁光亮，主人热情好客，

▲步行街的夜市

▲里斯本商业广场

客人则十分放松，走到哪都能随意入座，享受美酒佳肴。

步行街的尽头便是奥古斯塔凯旋门，这座雕有葡萄牙国徽和历史人物群像的石砌大拱门，两边连接着政府机构和法院大楼，面向着气势恢宏的商业广场。这里都是里斯本遭遇1755年大地

震后新建的，雪白的凯旋门与周边鲜艳的亮黄色外墙建筑营造出劫后重生的一派新气象。我们坐在凯旋门右侧的骑楼长廊里喝着咖啡，望着一拨又一拨游人围观广场中心的青铜骑马雕像，成群的鸽子时而停息在地面时而飞离，古老的有轨电车来回穿梭，有的是红色的，有的是黄色的。有人把眼前的商业广场誉为里斯本最靓丽的门面，而我觉得它并非里斯本的经典画面，

▲ 远眺圣若热城堡

赏心悦目与庐山真面目毕竟不是一回事，游览里斯本的主题应该是思古怀旧。

想要真正了解里斯本，必须登临东面山丘上的圣若热城堡，它是里斯本的发源地，整个老城区都是围绕着它逐渐发展起来的。名为城堡，其实只剩下了残垣断壁，但是历史的教科书在这片废墟上可以一页一页地翻过：始建于罗马时代、被摩尔人占领后当作要塞、成为葡萄牙的王宫，一切又都毁于1755年的大地震。如今这里早已没有实际使用功能，但是它对于里斯本的意义却非同一般，城墙上面向大海的十几尊大炮，虽然只是摆饰，但依旧威风凛凛，葡萄牙人可以据此自豪地缅怀独领海上风骚的辉煌。四方游客可以

▲ 有轨斜坡升降机

▲ 圣胡斯塔升降机

凭借这个里斯本的最高点俯瞰老城区远眺特茹河，半是碧水半红瓦，组合在一起色彩绚丽，煞是好看。远处依稀可见跨越特茹河的红色大桥，为古老的城市添上了一抹现代的亮色。

从城堡下山，沿着陡峭的石阶小巷，蜿蜒狭窄，两侧的建筑明显陈旧，甚至破败。这里就是里斯本最古老的阿尔法码城区，取自阿拉伯语的名字、外墙上时常出现的鲜艳色彩和阿拉伯题材的图案，分明昭示着摩尔人占领统治葡萄牙数百年的历史。沿街零乱的小店铺和露台上随意晾晒的衣物，散发出浓浓的烟火气。难怪有人说，登一次城堡，不啻是听一堂葡萄牙历史人文的速成课！

里斯本与罗马一样，也有个"七丘之城"的别名，高低起伏的山城、错落有致的建筑，增加了城市画面的立体感，也给交通带来许多不便。里斯本老城里助人爬山的升降机很受游客的青睐，不仅省去攀登台阶或陡坡的劳顿，还能体验浓浓的复古氛围。隐藏在街巷里爬坡的升降机，形似一辆在斜坡上行驶的有轨电车，但又不尽相同，由于车辆后部被抬高，坐在车厢里不会有倾斜的感觉，像乘"铛铛车"。最出名的还是步行街西侧的圣胡斯塔垂直升降机，像一座耸立在窄巷里的高塔，外表和内饰都不乏古色古香，慕名而来的游客宁愿在这里排长队等候，如坐电梯直达里斯本的上城区，出口便是卡尔莫广场。

紧邻卡尔莫广场的卡尔莫修道院也是里斯本极具代表性的古迹，建于14—15世纪的典型哥特式建筑，并非因其宏大的规模扬名，而是像"维纳斯"雕像一样以其残缺赢得关注。裸露的石柱和砖墙在讲述着1755年那场世纪大地震的惨烈，几乎摧毁了整个城市，卡尔莫修道院还算保留了部分的轮廓。里斯本重建时，决定不再修复修道院，而是在此建立考古博物馆，让人可以透过残垣断壁仰望历史的天空。

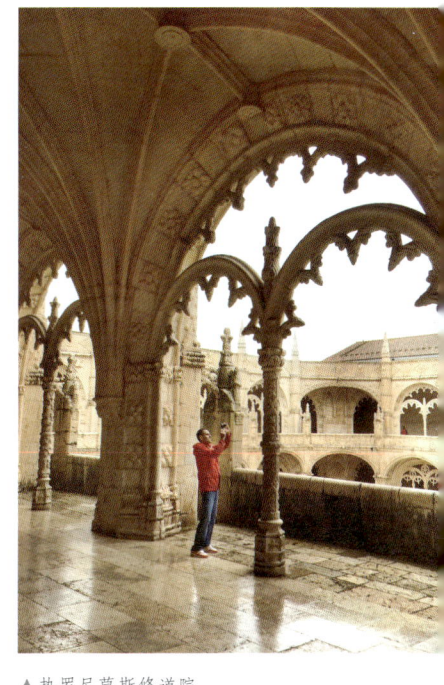

景点最集中的地方当属城市西面贝伦区的特茹河畔，这里有里斯本的地标建筑——贝伦塔、葡萄牙人引以为豪的航海纪念碑以及镌刻着葡萄

▲热罗尼莫斯修道院

牙鼎盛时期璀璨文化的热罗尼莫斯修道院。

贝伦塔从一个扼守里斯本门户的军事堡垒已然升华为葡萄牙的神圣标志，因为它所处的位置正是当年葡萄牙征服世界的船队扬帆起航的出海口。相距不远处的航海纪念碑，是用乳白色大理石雕制成的形同一艘巨大的帆船，船上的十多个雕像人物都是航海的历史功臣，恩里克王子站立船头，正如他引领葡萄牙的大航海时代，达·伽马和卡布拉尔跟随其后。这个高大挺拔的纪念碑正是1960年为纪念恩里克王子逝世500周年而建的，论及恩里克对葡萄牙的贡献用尽一切赞美之词都毫不过分。对面的热罗尼莫斯修道院，

▲热罗尼莫斯修道院

长达300多米，雄伟壮观的气势显而易见，且极尽奢华，精美的雕饰令人叹为观止。它本是出海口为海员祈祷的小教堂，从1502年起花了近一个世纪建造，成为葡萄牙盛极一时的曼努埃尔建筑风格的巅峰之作。毋庸置疑，它张扬的是葡萄牙当时的富甲天下和曼努埃尔一世国王的踌躇满志，以及继续称霸海上的勃勃雄心。有意思的是，庞大的修道院在大地震中居然没受大的损伤，原

来惊天之作连老天也会怜爱。

恩里克的形象被雕刻在修道院的主大门上,达·伽马的石棺陈列在修道院中供人膜拜,邻近修道院还有里斯本最古老的甜品店,人们竞相排队品尝"最正宗"的葡式蛋挞,遥想当年肉桂、糖和咖啡是如何从世界各地运来最早在这里登陆的。游人在里斯本的所到之处,几乎无不闻到大航海时代留下的气息,历史的荣耀就像长在这座城市脸上深深的胎记,随时可见。

此番重游里斯本,我们还增加了两个新节目:听法多和登观景台。

法多(Fado)被称为葡萄牙的国粹,但从不在华丽剧场的大庭广众前演唱,

▲小餐馆里的"法多"

我们也是专程去老城区一个昏暗的小餐馆里欣赏,或许只有那样的场景才与哀怨和悲切的基调相符。难以想象,在葡萄牙船队征服世界的荣光与辉煌背后,思念水手的歌声竟是如此伤感悲怆。压抑的环境和乐曲声中,让人自然会有"一将功成万骨枯"的联想,古往今来,多少的成功与风光,掩盖了无尽的曲折与艰辛。

山丘之城里斯本,有许多适合观景的半山露

▲里斯本城区

台，可以从不同的角度俯瞰老城眺望特茹河。临别前我们登上了网上好评较多的阿尔坎塔拉观景台，算是向里斯本挥手告别。与圣若热城堡遥相对应的观景台，像个宽阔的街心公园，有精致的铁制栏杆和黑白碎石拼成图案的地坪，还有凉亭和长椅，以及修剪整齐的绿化，好在还比较清静。我们默默地眺望着对面山丘上层层叠叠的红瓦白墙及其旁边特茹河上的过往船只，回味着两天来重游里斯本的点点滴滴，比起前几次匆匆的脚步，自认为这回对里斯本的了解更深入，感受也更丰富。

毕竟我们已不再是"一日看尽长安花"的恣意青年，年过半百，常怀"一蓑风雨任平生"的心态，旅游途中所得的感悟往往也会切合自己的心境。大西洋的潮起潮落，托起了葡萄牙这个殖民地遍布欧、亚、非的海洋帝国，数百年后又让它回归欧洲西南角落里的"穷乡僻壤"（相比较欧洲其他发达国家而言），虽有惋惜之处，其实也并非不可思议，历史本来就是由变化书写的。只不过人们对待变化的态度从来都是愿乘顺风船，难走下坡路！

据说在这山丘的观景台上可以欣赏落日熔金，我们为赶飞机没能等到黄昏，也不奢望里斯本的落日有多么瑰丽。其实，我更愿意看到，山城重重叠叠的红瓦沐浴在夕阳余晖中，呈现一种退去了灿烂与炙热之后的平静和淡定，以及不向夜幕屈服妥协的矜持和从容。蓦然间，觉得自己的思想境界也一下子得到了提升：凡是过往皆为序章，能屈能伸甘于平凡，不正是"曾经沧海难为水"的年纪应该具备的心理和素质吗？以这样的高站位来想象和理解里斯本的落日黄昏，至少心里是美丽的。

▼葡萄牙南部的落日

老而不朽的气质

早就听说葡萄牙北部的港口城市波尔图，其名字很容易与法国的波尔多混淆。但它地处欧洲的最西端，又属于经济较落后的葡萄牙，所以我们一直未有兴致前去游览，即使因为陪客户匆匆去过几次里斯本，也没把相距只有300公里的波尔图列入行程。直到2016年的秋天，欧洲的主要城市和景区差不多都跑遍了，我们才勉强想起可以周游一下葡萄牙。

驾车进入波尔图，沿着蜿蜒的坡道一路前往宾馆所在的自由广场，看到杜罗河两岸层层叠叠的白墙红瓦和河上漂亮的大拱桥，心里开始萌动一种窃喜。事先曾莫名地将波尔图想象成同为港口城市的法国马赛，因为两地的建城历史差不多，又同为所在国的第二大城市。没料到所经过的波尔图城区完全不像马赛的破败和

▼城区老房子

脏乱，街头也看不到游荡的黑人和吉普赛人。称得上整洁的古城可以概括为：老而不破、旧而不脏、杂而不乱。我们对波尔图的第一面好感正是来自这份超预期的意外。

▲路易斯一世大桥

匆匆地用完午餐，我们迫不及待地迈开了欣赏这座古城的脚步。首先要去走一走路易斯一世大拱桥，它简直就是实用与艺术完美结合的惊世之作，让我这个从业桥梁十多年自称见多识广的伪专家也心悦诚服。轻盈舒展的造型，轻松跨越杜罗河顺畅连接两岸的山丘，还分两层贴合山城的地势，上层通轻轨，下层跑汽车，行人两层都可走。世上双层桥并不罕见，但是拱桥却很少有两层的，尤其是分为上承和下承两个不同的受力层面。人们把这座为纪念当时的路易斯一世国王于1886年建成的钢拱桥称为奇迹实在不过分。

我们漫步在大桥上，心旷神怡地饱览杜罗河两岸的风情；站在南岸山头的修道院平台上，赞叹大桥刚劲流畅的线条让古城经典的画面愈加丰富而灵动；沿着河岸徘徊，远远地眺望大桥的全景，回味"天堑变通途"的名句是多么形象。

兴致勃勃地奔走了一天多，我们再一次来到杜罗河南岸，在路边坐下来歇息，找一个最佳的

▼ 从南岸眺望老城

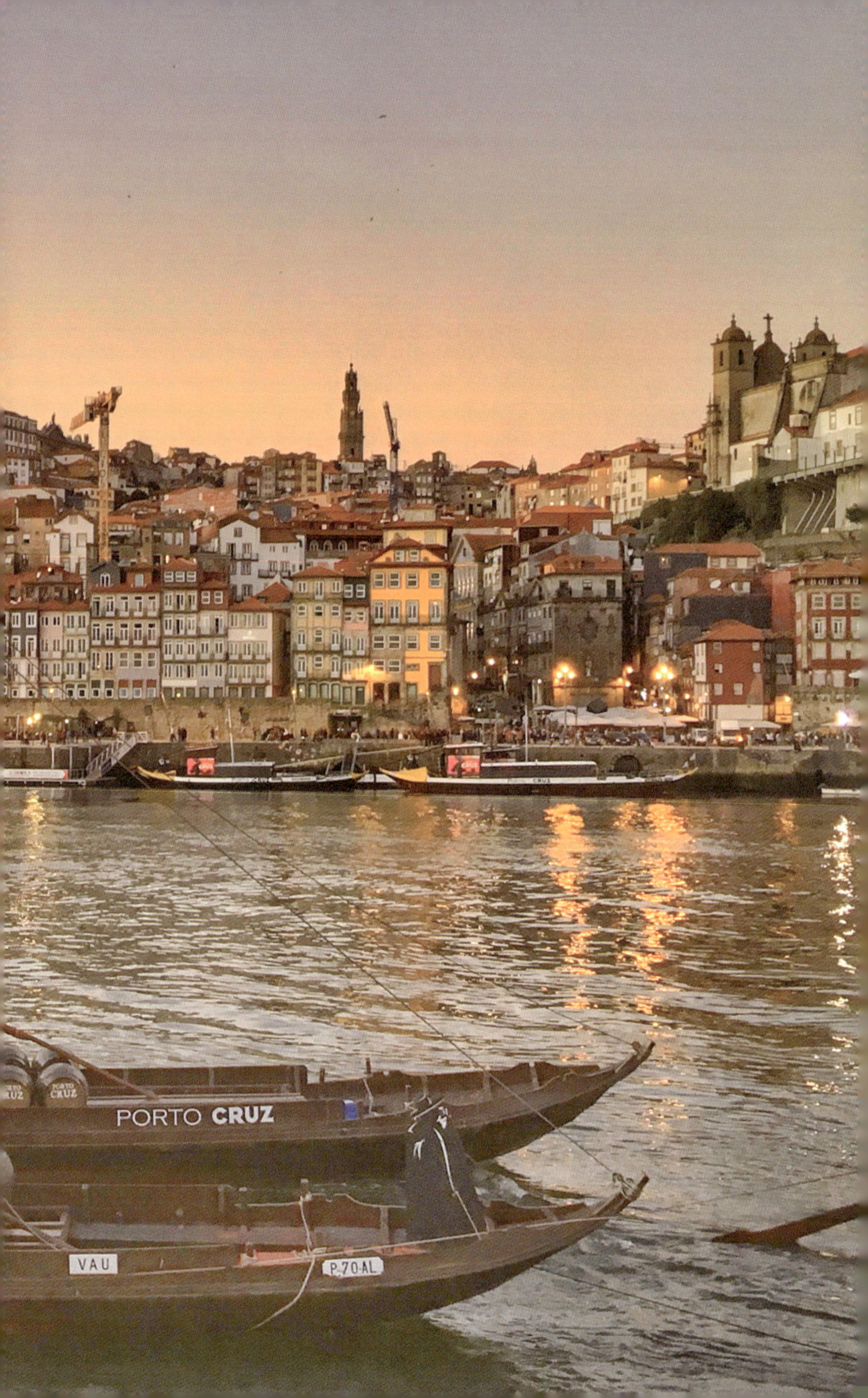
PORTO CRUZ
VAU
P-70-AL

视角隔岸欣赏对面古城的全貌。似有似无的晚霞，如一层薄纱覆盖在高高隆起的山丘上，重重叠叠的红瓦在暮色苍茫中显得沉稳而厚重。想起曾看到北岸桥头一栋建筑的外墙上有幅巨大的老男人画像，饱经沧桑而不乏魅力，意味深长。莫不是要把波尔图比作一个曾经沧海神采依旧的老男人？仔细想想，感觉这个比喻还不无道理。

▲桥头老房子上的画像

有底气的老男人毫不掩饰满脸的沧桑，无情的白发和皱纹，无不显露岁月的痕迹。波尔图老城的年龄也是显而易见的，城里几乎没有新的建筑，更不会看到玻璃幕墙。波尔图完全不介意展露陈旧与斑驳，它不会像太讲究的德国人那样，经常清洗或刷新建筑外墙，让悠久的老建筑穿上干净的新装。走在波尔图陡峭的街巷里，两边的建筑就像多年未洗过的脸，积尘已深入皮肤的毛孔。著名的里贝拉广场位于杜罗河北岸，自中世纪起便是热闹的商贸集市，如今是酒吧餐饮集聚地，面向杜罗河的成片桌椅总是座无虚席，而周边的老旧房子则杂乱无章，高低不齐、宽窄不一、颜色各异。如果事先没有听说过里贝拉广场的盛名，但凭周边环境，真不知自己身处哪个破落的贫民窟。波尔图与不愿染发的老男人一样，似乎要以自然的状态刻意地强调它的真实。

有涵养的老男人从不炫耀资历，波尔图何尝不是？它从公元5世纪开始建城，至今已经有1 500年，比1143年才独立的葡萄牙王国历史悠久多了。先有城后有国，所以有理由相信：葡萄牙的葡语国名Portugal正是取自Porto（波尔图）。Porto的原意是港口，波尔图不仅是个港口城市，还是葡萄酒产业的集散地，可见葡萄牙的国名无论是从葡语的Porto还是中文的"葡萄"来看，都逃不脱与波尔图的渊源关系。波尔图借助于港口的优势，始终是葡萄牙的商贸中心，以后造船、纺织、软木等制造工业也相继发达，正如历史上葡萄牙曾流传的一句俗话：在里斯本享乐，在波尔图工作。

有阅历的老男人浑身都是故事，需要用心去读懂。波尔图的一个个古老的教堂和广场显然就是一页页历

▲里贝拉广场

史，记载了这座城市的一段段里程。波尔图建于 12 世纪最古老的罗马式主教堂，门庭两侧的方形钟楼如同宏伟坚固的堡垒，屹立在老城区的最高点，曾于 1394 年为恩里克王子做过出生洗礼。巴洛克风格的教士教堂，其 76 米高的钟楼是波尔图重要的地标，1763 年建成时曾为整个葡萄牙的最高建筑。来往波尔图的船只，远远地把它当作引路的灯塔。还可以攀登 225 级台阶到达塔顶，俯瞰全城，将杜罗河两岸风光尽收眼底。圣弗朗西斯科教堂最奢华，它诠释了什么叫不惜重金和金碧辉煌，内部拱顶和廊柱上富丽堂皇的雕饰居然可以耗费 400 多公斤的镀金。边上建于 19 世纪的交易所宫则是新古典主义风格，门前对着恩里克王子广场。虽然恩里克在波尔图待的时间并不长，但是故乡依然以他为骄傲，特地为他竖立起气势磅礴的雕像。恩里克站在高高的白色大理石基座上，手指前方，脚边放置一个地球仪，这位引领葡萄牙开启大航海时代建立海洋帝国的民族英雄永远被人铭记。城里著名的战斗广场，是为了纪念 10 世纪波尔图市民与摩尔人的战斗，

▲ 河畔午餐

还有矗立着市政厅的自由广场……

有品位的老男人举手投足间都是经典，留给人慢慢体会。游人穿梭在波尔图的大街小巷，似探秘也如寻宝，其实更像是连连惊叹一件旧锦袍上的精美绣工，古老的波尔图究竟暗藏了多少非凡之笔等待人们去发现。各个时期的建筑风格在这里汇聚，罗马式、哥特式、巴洛克、洛可可和新古典主义竞相媲美，如何去分辨和鉴赏，

▲恩里克雕像

分明考验着观赏者自身的水平。建于19世纪后期的路易斯一世钢拱桥无论是从桥梁技术还是建筑艺术来看都堪称一绝，许多人传说大桥出自法国埃菲尔的设计，也有说是埃菲尔的比利时弟子设计，说大桥犹如横卧的埃菲尔铁塔，殊不知大桥建成时，巴黎的埃菲尔铁塔尚未开建。人们硬把大桥与埃菲尔铁塔扯上关系，无疑是缘于对大桥的喜爱和至高的评价。波尔图的火车站也不同凡响，门厅四周的墙上贴满蓝色基调的瓷砖，那可不是一般的装饰物，总量达两万块的锡釉纹瓷砖是艺术家耗费14年时间手绘烧制而成的，画

61

面题材都是葡萄牙的历史和日常生活。这种源于阿拉伯的烤瓷技术，在波尔图重要的古建筑上屡见不鲜，圣灵教堂的一面外墙上也以青花瓷砖拼出整幅的图案，令人惊艳不已。莱罗书店的受捧程度难以想象，门口始终排着长长的队伍，还要收门票。这家1881年开业的古老书店，被誉为全球最美的书店之一，不仅是因为其古雅的建筑外立面和华丽的内装饰，还有畅销书与电影《哈利波特》的影响。英国女作家罗琳曾作为英语教师在波尔图生活10年，经常在书店二楼喝着咖啡构思写作，有些场景的灵感正是来自书店。

▲火车站内厅的瓷砖画

也有人说，神秘的老男人像一杯陈酒，浓缩了风花雪月、风谲云诡。波尔图恰有一个"酒都"的雅号，足以让人去品尝千滋百味。虽然波尔图本地不生产葡萄酒，但是周边方圆几十里内的酒庄和作坊都会源源不断地将"酒船"驶入波尔图，上游酒厂酿制的酒通过"酒船"运到波尔图加工装缸或装瓶，贴上商标入库存放，再销往世界各地。因此波尔图以其老城和周边产酒区一起被列为世界文化遗产。杜罗河的南岸几乎就是葡萄酒的天下，临河大都是产品展示和销售的门店，巷子深处和半山腰遍布着几十家的酒窖。我们作为外行只能是看看热闹，无法辨别哪个品牌、哪个年份的口感更醇厚，但感觉比法国波尔多的红酒更甘甜和浓烈还是比较明显的。当年葡萄牙受到英国的鼓动和支持，意图一举取代法国红酒的霸主地位，可见波尔图的雄心和信心丝毫不输波尔多。

　　坐在酒窖的半山露台上把酒临风，看两岸重重叠叠的红瓦在夕阳的抚摸下熠熠生辉，想起"老夫喜作黄昏颂，满目青山夕照明"的诗句十分的应景。越发觉得波尔图就像一个有城府的老男人从容而淡定，任凭杜罗河

▲莱罗书店

的潮起潮落，从来不张扬不消沉，笑对人来人往，始终不卑不亢，它不需要被理解，也不在乎是非评说。仿佛告诉世人：你来，或者不来，我都在这里；你爱，或者不爱，我依然故我。

　　如今怀旧早已不是老年人独有的情怀，无数年轻人也纷纷来波尔图旅游观光。但我有个奇怪

▲ 杜罗河上的酒船

的感觉：虽然波尔图陡峭的坡道走起来很累人，但其独特的魅力似乎更适合体力尚可的老年人来此欣赏，因为不仅仅是怀旧，领略波尔图老而不朽的气质，还有助于修行。

莫因贫富遮慧眼

不知从什么时候起，我们也沾上了嫌贫爱富的臭毛病，出国旅游往往是选择较富裕的国家或地区。2016 年 11 月，我的葡萄牙之旅也可以说是无奈之举，没有其他选择后的选择，尤其是渐入初冬的欧洲大部分地区随时可能被冰雪覆盖，而地处南欧的葡萄牙尚能享受秋日的暖阳。这个影响欧洲平均经济水平的"落后国家"本来已被

▼夕照科英布拉

我们忘之脑后，几个月前刚刚在欧洲足球锦标赛上一举夺冠，在世人面前妥妥地露了一回脸，当拥有无数国际粉丝的"民族英雄"C罗高举奖杯的那一刻，也让我们想起了葡萄牙的存在。

一路上惊喜地发现，葡萄牙远不是我们原来想象的那么不堪。行驶在四通八达的高速公路上，感觉比英国伦敦以外的城际公路设施不知好几倍。随着游程的展开，我们渐渐为原先对葡萄牙的误解和偏见感到汗颜。

来到葡萄牙著名的古城科英布拉，立国之初的100多年里它曾是葡萄牙的首都，直到13世纪中叶才被里斯本取而代之。然而科英布拉更是以大学城扬名天下，1290年，葡萄牙最古老和最优秀的大学诞生于科英布拉，还被列入了世界文化遗产。

我们游览这座古城自然要从赫赫有名的大学开始。科英布拉的老城区建在蒙德哥河北岸的丘陵上，远远望去，一座白墙红瓦形成的山城蔚为壮观。听说大学位于山顶，钟楼是它的地标，也是全城最高的建筑，无论从哪个角度都能清晰地感知大学的位置。沿着陡峭的斜坡或台阶，终于来到山顶，主

▼科英布拉大学

楼广场的入口处就像一个贵族气十足的宫殿大门，地上是黑白碎石拼成的大圆形图案，中间有人像，四周是文字，俨然一个大徽章，大门两边是白色大理石罗马柱，门上和左右各有人物雕塑。原来这里真的就是宫殿，1537年，若望三世国王把自己的王宫捐赠给了科英布拉大学，使之居有定所不再漂泊。最著名的乔安娜图书馆位于塔楼一侧的建筑里，它被誉为世上最豪华的巴洛克式图书馆，雕梁画栋，金碧辉煌，颠覆了人们对图书馆的常规认识，据说里面某些珍贵藏书的封面都是嵌金字的。

下山后，正值夕阳西照，凸起的山城像是披上了金装，光彩熠熠，宛如一座平顶的金字塔，大学的钟楼依然清晰可见，显出它的"高人一头"。我们惊艳于眼前的胜景，更羡慕科英布拉大学的幸运，人们常说尊重知识、尊重人才，在这里真是充分形象地得到了落实：世上还有哪所大学是以王宫做校舍？并被捧至城市之巅的崇高位置？

以后的行程中我们又

▲埃武拉大学

参观了埃武拉大学,其悠久的历史虽屈居科英布拉大学之后,但显赫的身世却不输丝毫,它是由即将继位葡萄牙国王的红衣教主创办的。走近校舍的内庭,庄重而神圣的感觉扑面而来,四周联排的

▲ 法蒂玛的虔诚教徒

拱门合围成不乏肃穆的回廊,正中间大理石的牌楼门上几组人物雕像和浮雕花纹又尽显华贵之气。只见零零星星的学生坐在廊道里静读,偶有低声交流。走廊里到处贴满了洋溢着葡萄牙特色的蓝色瓷砖画,许多题材是描绘柏拉图、亚里士多德等学者授课的场景。我们不敢再放纵脚步,唯恐惊扰了这里浓浓的书卷气,心里回响着一个声音:一个重视教育的

▲ 布拉加的耶稣圣殿

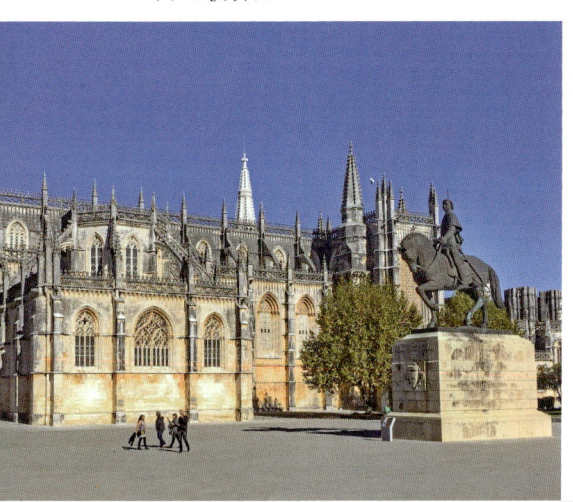

民族，一个把教育置于崇高地位的国家，不能不令人敬佩！

曾有人说，游览欧洲就是到处看教堂。此话虽有些调侃的成分，但确也不无道理，因为林林总总的

▲巴塔利亚修道院

教堂便是闪耀着欧洲历史文化的璀璨星辰。游览葡萄牙的一路上我们也没少看教堂，除了里斯本的热罗尼莫斯修道院，还有多处的教堂令我们为之震撼，种种奇特的情景是我们前所未见的。

法蒂玛市中心的圣母大教堂是世界四大天主教圣地之一，椭圆形的大广场上有一条明显的大理石通道，只见不少教徒双腿跪在通道上

▲巴塔利亚修道院内景

低头缓慢向前挪动,虔诚至极。虽然我曾在西藏拉萨见过五体投地,但是西方教徒如此的顶礼膜拜还是让我大开眼界。眼前声名显赫的大教堂尽管气势恢宏,可显然是崭新的建筑,怎会吸引众多的信徒专程来此朝拜呢?因为这里有梵蒂冈确认过的圣迹,1917年,圣母玛利亚连续半年每个月13日在法蒂玛显灵,梵蒂冈的几代教皇都曾来此拜访。

虽然布拉加城内建于1070年的大教堂地位很高,是葡萄牙三个总教区之一的主教座堂,但是埃斯皮诺山上的耶稣圣殿更令我们惊叹。确切地说,不是教堂本身有多么雄伟华丽,而是半山腰通往山顶教堂的十几层台阶呈现出罕见的造型,尽显巴洛克风格的对称之美。数百级的双叠阶梯以交叉之字形向上攀升,类似照壁的墙体又层层遮挡,每上一层都能发现新的景致。我们登临时正下着雨,简朴的灰白两色组合成别具一格的建筑群,在阴雨蒙蒙中依然具有极其强大的视觉冲击力,也刷新了我们对教堂建筑的认知。其实并不奇怪,教堂并非仅仅是宗教的载体,历来就是每个时代最顶尖技术和艺术的完美结晶。

小城巴塔利亚因为其宏伟壮丽的修道院而受人关注,这座王家宗教建筑的典范之作早在1983年就被列入世界文化遗产。兴建这座修道院的起因是为了感谢圣母帮助葡萄牙战胜西班牙的前身卡斯蒂利亚王国,从而奠定了葡萄牙永久独立的地位。从1386年若望一世下令开始建造，历经7位国王的持续接力，一百多年后才落成。我们慕名赶来，欣赏由葡萄牙独创的哥特式与曼努埃尔风格完美结合的艺术瑰宝，当我久久地抬着头细看一处处极尽繁复而又精细绝伦的雕饰，不禁感叹：葡萄牙历代国王不遗余力主抓的跨世纪工程，彰显的无疑是对上帝的深深敬意以及万物由上帝支配的虔诚信仰。

真没想到，所谓"经济落后"的葡萄牙竟拥有如此众多的稀世珍品，既是辉煌历史的见证，也是精神宝库的留存，让僻处一隅的葡萄牙充满深厚的文化底蕴。相形之下，世上那些短时间内暴富起来的国家或城市，虽然披上了繁荣富裕的盛装，但掩盖不了历史文化的沙漠，显得多么暗淡无光。

在葡萄牙一路走过大小十多个城镇，发现各式各样的教堂分布得特别密集，具有虔诚信仰的民族想必会有自觉自律的素养，果然，葡萄牙各地极其整洁的城区给我们留下了深刻的印象。尤其是古老的广场或步行街地面，用黑白不规则的小碎石拼接成各种图案，犹如大理石一般始终保持着光亮。简洁

▼埃武拉市中心广场

朴素之中美感丝毫不少，透溢出葡萄牙人的创意和品味。无论是山城波尔图陡峭的坡道上，还是古都吉马良斯狭窄的小巷里，竟然找不到一处藏污纳垢的地方。葡萄牙许多城镇中心的道路大都用碎石或石块铺就，按常理不容易清扫，但处处像是刚被清水冲刷过一样。想起德国人常常自夸整洁有序，凭着在德国生活10年的经验我敢断言：葡萄牙城区道路的干净程度有过之而无不及。

在葡萄牙旅游，有一种轻松自如的感觉，不需要有任何安全方面的顾虑和防备。不必像在意大利、西班牙时时提防技艺高超的小偷，不用担心如在法国或英国可能遭遇恐怖袭击。想起前几年去美国，无论是在洛杉矶还是芝加哥，根本不敢晚上出门散步，唯恐倒霉地碰上一个神经病枪手。而当我们夜晚漫步在葡萄牙奥比多斯小镇的窄巷里，空无一人的寂静，昏暗路灯下的人影，非但没有给我们带来恐惧，反而是一种难得的浪漫享受，就像穿着睡衣在自家的院子里溜达一样放松惬意。然而，这一份看似十分普通的享受，若在经济高度发达的美国却是一种可望不可即的奢侈。望着小巷黑洞洞的前方我们有些茫然：当基本的人身安全

▼奥比多斯的小巷

与经济发达富裕不能统一的时候，究竟哪个更重要？换言之，纵然国家发达民众富裕，但若常常缺乏人身安全感的话，又有多大的幸福指数可言呢？

衡量一个国家的幸福指数，经济状况固然是一个主要的考量指标，但肯定不应该是唯一的标准。类似企业中的人才，虽然盈利能力最被看中，但如果除此以外一无是处的话，结果势必很难堪，甚至很可怕。其实葡萄牙也不至于被列入经济贫困民不聊生的行列，只是相比它辉煌的历史衰落了、相对于发达的邻居落后了而已，按照"百度"的判定，葡萄牙仍属于发达的资本主义国家。

▲吉马良斯的街巷

恰恰因为相对的经济落后也会给葡萄牙带来某种良性的效应。2016年正是中东、北非难民大量拥入欧洲的时候，我们在德国汉堡的火车站前广场见到了数百中东难民的安营扎寨，但不富裕的葡萄牙从来无需担心哪国的难民会冲着它而去。葡萄牙相对较低的生活水平阻碍了难民的脚步，却能吸引越来越多的旅游者，近年来欧洲渐渐掀起一股葡萄牙的旅游热，与当地的低物价不无关系。记得我们坐在布拉加市中心的共和国广场上喝咖啡时，拿到账单一看，现磨意大利浓咖啡每杯只有 0.8 欧元（约合 6 元人民币，当时汇率 1 欧元约等于 7.5 元人民币），想到遥远的祖国一杯咖啡至少 25 元，有的甚至高达五六十元，顿时幸福感爆表。低头再数数钱包里一张张百元大钞，感觉自己像个腰缠万贯的大富豪。

在发达国家扎堆的欧洲，单论经济水平，葡萄牙确实比较落后，但决不影响它依然是一个色彩鲜艳引人入胜的地方。五彩缤纷的世界本来就由千姿百态所构成，岂能因为嫌贫爱富遮住了发现美、欣赏美的慧眼？当然，一个理想的好学生应当是全面发展，偏科生总是难免遗憾和遭到偏见，但愿葡萄牙也能成为人见人爱的各科均衡的好学生。

▲拉梅古大教堂

无法阻挡的野心

要论旅游，我们对邻国越南一直没有什么兴趣。后来听德国友人推介，洋溢着法式风情的西贡值得一游，我们便于2017年春节后踏上了旅途，也想借机与多年之前的生意伙伴在西贡重逢。

我们对越南的感情很复杂。它曾是我们亲密无间的同志加兄弟，我们从小就如雷贯耳，在电影里见过胡志明伯伯和蔼可亲的形象，我们也参加过游行声援越南人民抗击美帝国主义。当兄弟反目成仇，我们又与全国人民一起同仇敌忾，声讨这个忘恩负义的白眼狼。以后虽然重归于好，但是就像曾经大打出手死去活来的离婚夫妻，复婚后的感情再也回不到从前了，我们的心里对这个邻国充满了复杂的情感。

▼西贡中心广场

前往西贡市中心的酒店,犹如进入了铺天盖地的摩托车的包围圈,走到哪里都伴随着川流不息的摩托车队。看似乱哄哄的,但不绝于耳的轰鸣声和弥漫在空中的汽油味又散发出勃勃的生机。一栋栋精美的欧式建筑被粉刷一新,华丽的人民委员会大厦、鲜黄的邮政总局大楼以及对面的砖红色双塔教堂,无不彰显着法国殖民时期留下的深刻印记,至今依然点缀着这座城市的风情,吸引着无数的欧美游客纷纷前来怀旧与欣赏。此外,风靡一时的电影《情人》让许多法国人想起了曾被称作东方小巴黎的西贡,英国作家格林的小说《文静的美国人》以及两次被拍摄成的同名电影更像是西贡的宣传片,激起了人们无限的兴致与向往。

我们穿梭在西贡的街巷寻找一个个蕴含着故事的人文景点,渐渐习惯了混乱的交通和喧嚣的噪音。从宾馆里的周到服务到旅游商业街的热情活跃以及夜晚酒吧的火爆气氛,一切都似曾相识,那几乎都是我们以往在国内经历过的熟悉场景,何况越南人的长相又与中国人相差无几。难怪一直听说,越南早已开始亦步亦趋地学习中国的改革开放,大力发

▼市中心的红教堂

展经济。从匆匆驶过的一辆辆摩托车上，我们仿佛可以回忆起20世纪八九十年代那一张张意气风发充满希望的脸庞。

  晚上邀请久别20年的大刘一起聚餐。大刘是在当地出生的华裔，1977年因遭受越南政府的排华而被德国作为难民接受，我们在德国相识后曾一起合作成立公司投资中餐馆。20年前我回国发展后，大刘也看到了越南步中国后尘发展经济的商机，决定返回西贡经商。此番我们计划游览西贡，特地在出发前辗转多层关系，终于与失联20年的大刘恢复了联系。

▲西贡市中心

  倾听大刘叙述回西贡的经历，令我们惊讶无语深表同情。回西贡后大刘敏锐地察觉到越南大兴土木需要高质量的建材，于是进口德国的涂料并作为总代理分销到越南各地，一时红红火火风生水起。不料，大祸从天降，一个先天不足的公司制度缺陷，让他非但赔进了多年的利润，还背负了一身的债务。

▲西贡摩天大楼

77

因为当时越南还不允许外籍商人直接投资和担任企业法人，已加入德国籍的大刘便以他的小聪明打了一个常见的擦边球——找来当地的发小代持股权并顶替企业法人。正当生意如火如荼、大刘打算买下周边土地建厂大展宏图之际，这位越南发小馋涎欲滴露出了狼子野心——利用大刘回德国探亲的机会，以企业的全部资产和业绩作抵押拿到银行的巨额贷款中饱私囊。面对背信弃义、恩将仇报的小人，大刘毫无还手之力，只能是打脱牙齿和血吞。时隔多年，大刘说起往事依然是深深的惋惜和愤慨，他本来计划买下的建厂土地现在已经上涨了十多倍，如果不是遭遇小人使坏，但凭土地增值他早已赚翻了。

次日，大刘陪我们去西贡附近的海边小城头顿游览。头顿的海滩算不上漂亮，一片片的小渔船显然比不上豪华的游艇，显露出发展中国家的特征。大刘对头顿十分熟悉，他选择的海边露天餐厅，无论是装修品位还是菜肴都让人恍若置身地中海海滨。海风轻轻拂面，我们享受着赏心悦目的惬意环境和丰盛美味的海鲜，大刘却说这里是他噩梦开始的地方，他回忆的往事继续加深着我们对越南有些人品质的认知。

大刘他们家祖上几代定居西贡，拥有许多田产，雇佣大量越南佃农。根据自身经历，大刘认为不少越南人不但懒惰、愚笨，还不讲信用，所以当地致富的绝大多数都是华人，而越南人只能

靠打工为生。1975年越南实现南北统一之后,开始排华,想逃离的华人必须上缴一根金条作为"买路钱"。大刘

▲头顿海边

家不仅缴纳了十几根金条,还委托人打造了一条大木船,并将剩余的金银细软提前寄存在头顿海边的一个渔民家里,以免被强行收走。哪想到临行前,这个越南渔民竟矢口否认曾收到过寄存的金条等财物,这可是大刘全家十几口人逃难路上的全部盘缠。大木船毫无具体目标地飘向公海等待国际社会的救援,大刘全家行囊空空与其他亲友一共几十号人忍饥挨饿,悲惨至极,幸亏及时得到国际红十字会救援船的救助,避免了命丧大海的悲剧。

我们毫不怀疑大刘所说的事实,但是他嘴里的越南人与我们所见闻的似乎不完全相符。第三天,我们去参观距离西贡约80公里的古芝地道,又对越南人的顽强毅力顿生敬佩之心。这个令人惊叹的地道系统始于抗法战争时期的

▲古芝地道

潮起潮落

79

1948年，抗美战争中又重修并不断扩展，达到后来250平方公里的范围。南越解放阵线的游击队员凭借丛林中密如蛛网、四通八达的地道，神出鬼没地攻敌不备，又十分隐蔽，敌方难觅踪迹，让美国大兵防不胜防、闻之丧胆。纵然美军武装到牙齿、拥有世上最先进的武器装备，还是败给了弱小的越南人。难以想象的是，方圆250多平方公里内上下三层的地道全部都是手工挖掘的，没有使用任何的机器设备和建筑材料。右手小锄头左手小扁筐，匍匐在地道里，挖一段前进一步，犹如愚公移山，还要躲避美军的轰炸与袭击。换言之，越南人历经十多年战胜世上最强大的美军，不是凭武力击垮对方，而是靠顽强的意志力生生拖垮了敌人。看到这些洞口巧妙伪装、上下几层连通和各项功能齐全的地道，我们情不自禁地想起中国电影《地道战》，越南人在获得中国大量军事援助的同时，显然也学习掌握了毛泽东游击战术的精髓，并把游击战术发挥得炉火纯青，从而创造了以弱胜强的奇迹。

　　从某种程度上说，越南人似乎就是中国人的影子。历史上越南曾是中国的附属国，即使是后来独立了，还是保留了许多中国的文化与习俗，以后很长一段时间意识形态和社会制度也基本相同。虽然我们常常以大国心态来看这个小邻国，但蓦然回头，发现龟兔赛跑中顽强的小龟在后面缓慢地紧追不舍。尤其是近年来，越南经济发展的步伐逐渐加快，已开始以廉价劳动力的优势承接从中国转移的世界工厂。还有传说得纷纷扬扬的越南政治体制改革，也在探索具有自己特色的社会主义道路。

我与大刘讨论越南的前景总是不能达成一致。基于越南人的一些特点大刘固执地认为，越南不可能达到中国的发展速度和水平。而我觉得，越南人顽强的毅力就是他们最大的后劲，不过，越南人曾经的以怨报德也是我心中抹不去的阴影。吃过越南人苦头的大刘始终把越南人定义为小人，我以为不能以偏概全，更不该过于贬低所有越南人。

无论越南人是否真的如大刘所说的那般，其实他们是十分要强

▲摩托车流

的，就像当年看到华人富商居多很受刺激，必以"赶尽杀绝"而后快。为了实现南北统一，坚持十多年与世上最强大的美军死磕到底。国内刚统一野心便极速膨胀，做起了称霸中南半岛的美梦，在苏联的支持下推出了印度支那联邦计划，随即入侵柬埔寨，甚至不惜与长期援助他们、指导他们的中国师傅兵戎相见。站在道德的制高点上完全可以将这种行为斥之为忘恩负义，但也容易使

人哀叹：没有永远的朋友，唯有永恒的利益。恰似如今屡屡发生在企业里的"地震"：倾心培养多年的精英，一旦羽翼丰满，立马自立门户，还带走骨干团队和客户资源，公然分庭抗礼。

如果以唯利是图、成王败寇为逻辑，野心勃勃会使人利令智昏不择手段，而信义在野心面前则将弱小得不堪一击。

目送大刘远去的背影，身旁的摩托车呈排山倒海之势浩荡奔腾，永不消逝的轰鸣声始终让这座城市充满着动感和活力。我清醒地意识到：眼前这个曾经有负于我们、正顽强地追赶着我们的邻居，我们除了可以暗骂它忘恩负义的小人行径之外，却无法指责和阻挡它的奋然崛起。

▲摩托车流

为实用主义点赞

2004年春节,我们参加新马泰的旅游团,在新加坡只停留了一天,走马观花来去匆匆,晚上入住的宾馆散发出一股夹杂着海腥气的潮湿味,新加坡没能给我们留下美好的印象。

时间一晃到了2017年夏天,当我们几乎走遍了欧美各国,想到再去好评如潮的新加坡深入体验一下,孩子们也对经济发达的新加坡颇有兴趣,于是我们全家四口一起前往新加坡度假一周。

抵达新加坡樟宜国际机场后,我们准备坐出租车去宾馆。就在走出机场大厅的刹那间,我发现了一个意外:人们不是按常规直接到机场大厅外去招呼出租车,而是在大厅内排队等候。引导排队的蛇形栏杆就设置在大厅内,我们在栏杆内跟着排队的人流缓步前行,待走出大厅便

▲在楼内排队坐公交

可直接坐上门外的出租车。因为新加坡天气闷热，在大厅内排队等候可以享受冷空调，走出大厅即上车，避免了忍受酷暑。多么人性化的设计！我们曾走过欧美亚几十个国家，经历过上百个机场，从未见过有如此的设置。这个细微的安排让我们对新加坡的好感油然而生。之后入住宾馆时感受到的温馨服务、乘坐地铁时看到的有序管理，以及到处可以用中文交流的亲切，大大提升了我们此次新加坡之旅的满意度。

圣淘沙是每个来新加坡的游客必去的地方，这个小岛早已成为新加坡著名的海上乐园，但我们只能算去打卡，因为那些主题公园的游乐项目，包括附近新增加的环球影城都提不起我们的兴致。参观

▲缆车上的杯托

完海族馆后，我们乘坐缆车到对面的山上去，往返过程中可以从高空俯瞰圣淘沙岛以及绚丽的海景。没想到，在这小小的缆车内我又有新的发现：座位边上居然有可以安放饮料的杯托！世界各处的缆车我们曾坐过无数次，也从未在高空缆车里见过为乘客考虑的杯托。新加坡将圣淘沙这个落

后的小渔村成功开发成闻名遐迩的旅游度假胜地，虽手笔不凡，但毕竟不是世上空前绝后的，而唯独这颇费心思的细微设计，更令我感慨。

只要你留心就不难发现，城里还有许多地方闪烁着人性化设计的光芒。比如：海湾酒店附近的海边栏杆上，相隔一段就会有一小块木板，给举杯观海景的游客放置酒杯；公寓楼的底层腾空通风，不安排住家，以免潮湿难受；高层住宅每间隔几楼会有一个空置层，既有绿植美化，也可以让大楼里的居民歇息或休闲。不少公交汽车站点，也是将引导乘客排队的蛇形栏杆安置在商厦的大堂内。如果你能体察到这些不起眼的点点滴滴，对于这座城市，你自然会感到一阵阵的温暖。

▲ 奇特的休闲椅

▲ 大楼的腾空与绿化

2010年新开业的滨海湾金沙购物中心是新加坡新的地标性建筑，与新加坡的传统象征物狮

▲ 新老地标合影

身鱼尾雕像隔水相望，在 3 座 55 层高的大楼顶上架起一艘空中花园的巨轮，气势宏伟又富有创意，既符合海城的身份，又不乏破浪前进的时尚。没来新加坡之前，我们早就在各种图片广告中见过金沙购物中心的雄姿和无边际泳池的浪漫，如今近在眼前，我们自然不会错过去猎奇尝新。我们像纷至沓来的游客一样，从下到上细细地打量这个商业巨无霸，其实它何止是个购物中心，简直就是一座万花筒般的综合娱乐城。除了囊括所有顶级品牌的商场、世界各国风味的餐饮，还有模仿意大利威尼斯的运河、一年四季都不会融化的人工滑雪场，还有喷泉和瀑布，水疗和夜店，赌场肯定不可或缺。在奢华的五星级宾馆滨海湾金沙酒店内，57 层的无边泳池成为它最耀眼的亮点。在空中花园，如登世界之巅，可以把新加坡的天际线尽收眼底。夜晚坐在顶层的露台上品尝米其林餐厅的美味，俯瞰脚下的璀璨灯火，恰似身在云端仙境。

次日晚上，我们坐在富丽敦海湾酒店的顶层酒吧，欣赏对岸金沙购物中心的流光溢彩，空中的巨轮频频放射出五彩变幻的激光，吸引无数游人观赏并为之倾倒。我不由地感叹：资源匮乏的新加坡，这样一个弹丸之地，总是能别出心裁地发明商业奇迹，明明是一个宾馆、一个商业购物中心，却偏偏能以新颖的造型和丰富的内涵为新加坡打造出非凡的名片，从而递增巨大的旅游和商业价值，这份无与伦比的匠心正是新加坡虽小犹富长久不衰的秘诀之一。

在切身体验到细微之处的用心和蕴藏深谋远

▼唐人街

▲阿拉伯街区的风情

虑的匠心之后，我越来越觉得新加坡的成功绝不是缘于偶然。再看新加坡任何一个普通平常的事物，似乎不仅凝结了实用的明智，也昭示着深远的意义。牛车水的唐人街，保持着华人传统的商业繁荣，仿佛千年不变一脉相承，"原貌馆"里原汁原味地展示新加坡华人奋斗的艰苦历史，可以让几百万华人维系根文化的归属感。阿拉伯街区五颜六色的房子为当地增添了异域风情，清真寺也让新加坡的马来人增加了认同感，尽管马来族只占总人口的13.5%，但是不容忽视的是，他们的背后有邻国马来西亚做后盾。虽然"小印度"的街区不够整洁，但高高的曼兴都庙同样彰显着多民族的和睦相处。

▼印度街区

夫人的两个学生定居在新加坡二十多年了，特地邀请我们聚餐。席间听我们表示出对"小印度"街区凌乱的不满，他俩讲述了新加坡如何重视少数民族，占总人口超过74%的华人不能给其他民族造成威胁感。政府建造的住房即"组屋"，提

供给各民族居民购买时设置了严格的比例规定，二手房转让也始终不能超出这个比例限定。2017年2月，国会还针对总统选举修正宪法，确保每个民族都有机会出任总统，甚至是不必经过大选可以优先上任。古往今来，多少国家就是因为民族问题处理不当，导致内乱，甚至分裂，而新加坡在多民族和谐发展方面可以说为全世界做出了很好的榜样，真的难能可贵！

　　两位学生毫不避讳对新加坡的喜爱，把新加坡各项社会福利的优势娓娓道来。新加坡的制度很实在，既要让民众有基本的社会保障，但又极力避免类似欧洲的高福利养懒人，关键是引导和激发人们的奋斗精神来实现更好的社会保障，这才是真正的社会公平。比如：鼓励个人努力工作多缴纳公积金等社会保障金，从而能提级享受医疗服务；有人退休后继续工作，将来可以获得更高的养老金。显然，兼顾保障与活力不偏废，便是新加坡独辟蹊径的特色。世界各国的人才纷纷前来移民，足以验证新加坡连续

▲擎天树丛

十多年蝉联全球最宜居城市绝非平白无故。

在我们入住的宾馆不远处有个莱佛士的全身雕像,据说是当年莱佛士登岸的遗址。新加坡人对莱佛士感恩戴德是可以理解的,正因为1819年英国人莱佛士的登陆,发现了新加坡位于马六甲海峡出入口的海运便利,便将新加坡确立为英国东印度公司的商贸枢纽,由此才掀开了新加坡发展的第一页。然而,造就新加坡神话的最大功臣无疑是李光耀,人称新加坡的国父。1959年摆脱英国殖民统治、1965年脱离马来西亚联邦,一跃成为经济腾飞的亚洲四小龙之一,无一不是缘自李光耀的卓越领导力。毫不夸张地说:没有李光耀,就不会有今日富甲一方的新加坡!可惜整个新加坡没有一处李光耀的雕像,连他的故居也根据他生前的遗嘱拆毁

▲ 莱佛士雕像

了。想必他很清楚,千秋功过要经得住历史长河的慢慢验证,而不是靠当下一时的吹捧和崇拜。

我国改革开放的总设计师邓小平,在1978年确立改革开放的国策之际,曾专程登门请教李光耀,回国后公开号召要学习借鉴新加坡的经验。虽然也有人诋毁李光耀是个彻头彻尾的实用主

义者，但我依然对李光耀推崇备至。只要是利国利民，实用主义非但无可厚非，而且功德无量！它比任何其他的主义和一切漂亮的口号更能增进百姓的福祉。新加坡的国土面积不到730平方公里，约合上海浦东新区的60%，却创造出人均GDP始终保持亚洲第一、人均收入排名世界第六的奇迹，这就是邓小平所说的"硬道理"，胜过一切雄辩。

▲新加坡河

"空谈误国，实干兴邦"，而实干的核心应该就是实用。习近平总书记倡导"让老百姓有获得感和幸福感"，如果以此作为我们一切工作的出发点和落脚点，我们的世界会变得简单很多，我们的生活也一定会幸福很多。

▲富丽敦海湾

邓小平有句名言："不管白猫黑猫，抓住老鼠就是好猫"，至今仍振耳发聩。新加坡的实用主义，无疑是一只能抓老鼠的好猫，无论有多少人歪曲它、贬低它，我依然要为它点赞！

强扭的瓜甜不甜

夏威夷,多么浪漫的名字,漂浮在太平洋上的海岛,一个令人无限向往的地方。

趁着2018年夏天赴美旅游办了10年有效的签证,2019年春节后我们决定去夏威夷度假,暂时逃离阴雨绵绵、冷飕飕的上海。坐上直达夏威夷檀香山的东航班机,我与夫人已开始憧憬太平洋的艳阳天,按捺不住即将了却夙愿的兴奋。

经过8个多小时的飞行,降落在夏威夷群岛的首府——欧胡岛的火奴鲁鲁,中国人俗称檀香山。

▲檀香山市景

租车行驶半小时便到了威基基海滨的酒店,夫人担心上午10点不能办理入住,我却抱有侥幸心理:眼下是淡季,每晚800多美元的当地顶级酒店怎会爆满?结果还是不幸被夫人

▲威基基海滩

猜中：下午3点才能空出客房。据说檀香山今年的冬季比往年冷，但20多度的温度已足够舒服，吸引各地游客纷至沓来，我们刚抵达就见识了夏威夷的火爆程度。

我们在檀香山住了三天，这里灿烂的阳光、清新的空气和舒适的温度真的没有让我们失望，而它作为一个四面环水的海岛，居然还没有一丁点的海腥味和潮湿感，说它是人间乐园一点不为过，难怪有那么多人喜欢。

据说威基基海滩的阳光最充足，由此诞生了海边鳞次栉比的宾馆，美国大片里的豪华繁荣在这里尽显无遗。我们不自觉地会对比欧洲的海滨城市。眼前这个夏威夷最高大上的沙滩，明显带有美国式的粗放，感觉根本无法比肩地中海的超级阵容。既没有西班牙巴伦西亚一眼望不到头的规模，也缺乏法国戛纳细如面粉的白沙、密密麻麻整齐划一的躺椅。然而，它有一个与欧洲的沙滩迥然不同的特点：这里的所有沙滩都是公共区域，沙滩上不存在宾馆私享的空间。都说美国是彻头彻尾的资本主义，但威基基的沙滩上似乎照耀着社会主义公有制的阳光，彻底消灭了宾馆的

沙滩私有制，实行公平的沙滩公用社会福利！无论你花多少钱、住任何一家高级豪华酒店，在这块腐而不朽的资本主义土地上决不可能享有高人一等的特供沙滩。若要躺沙滩玩海浪，只能与其他非住店游客一起挤在公共的沙滩上。

　　而威基基的商业繁华程度却是欧洲的各大海滨无法相提并论的，完全可以用人潮汹涌、人声鼎沸来形容。一个个购物商厦从各个方向

▲檀香山市区购物中心

包围着威基基海滩，西侧的阿拉莫纳中心号称世界上最大的开放式购物中心。立体交错的一条条商业步道纵横贯穿在购物中心内，除了规模大，颇有特色的是，商业建筑与热带绿植完美地融合在一起：商场内庭里生长出古老的大榕树，绿油油的草坪给人公园的感觉，一家家商铺排列在林荫下的小巷里。这里非但人流量大，显然还比欧洲的商厦多了一些别致的气息。

　　无论是在购物中心还是大街上，我们走到哪里都像是行进在游行队伍中，热热闹闹的气氛与明媚的阳光显得十分般配。夜幕降临后，海滨的餐馆、酒吧家家爆棚，座无虚席，有的门口还要

排队等候。音乐声、谈笑声交织在一起,用喧嚣营造出另一种繁华的景象。

欢乐的人群里,可以听到各种语言,仿佛是世界各国人民的大聚会。在亚裔面孔中还是日本人居多,可能是出于岛国情结,日本人特

▲ 热闹的海滨

别钟爱夏威夷,甚至有人总结称:日本人一生至少要去夏威夷三次。我俩虽然是第一次来夏威夷,但也立刻喜欢上了它,不仅是因为舒适的气候,还隐隐觉得夏威夷的氛围与美国本土似乎有所不同。连不少美国人也承认,夏威夷属于美国,而有别于美国。

据说许多人来夏威夷度假是为了享受潜水、冲浪等各种丰富的海上游乐项目,而我俩自知缺少运动基因,只能驾车四处转转。沿着环岛公路畅游到欧胡岛东部和北部海滩,一路领略海浪冲击海岸溅起一排排齐刷刷的浪花,时而观赏到类似间歇泉一下子从岩洞里蹦出几十米高的水花。

我们还专程去看了张学良和赵一荻的墓地,这对旷世伉俪脱离台湾的监禁后选择在夏威夷度过余生,最后安葬在神殿谷墓区的一个小山坡上,面向东方的大海。看来他俩也认定夏威夷是块风

95

水宝地。

在露天停车场看到一个正指挥停车的小伙子，矮矮的个子、黝黑的脸庞。我与夫人猜测：他会不会是夏威夷原住民的后代？因为我们不知道留存不多的原住民究竟长啥样子。想到夏威夷从一个与世隔绝的落后孤岛变成如今的繁荣受捧，我突然觉得，就像是一个乡下漂亮的姑娘嫁给了城里的大款，从此过上了富足奢华的生活。听了我的比喻，夫人调侃道：看来郎财女貌是古往今来放之四海而皆准的铁律。因为我俩都以为，1959年夏威夷是通过全民公投自愿成为美国的第50个州。

▲张学良夫妇墓

后来查看历史才知道，美国将夏威夷收入囊中，完全是处心积虑强扭的瓜，只不过因为手法极其高明而掩盖了"强"字。

谁都明白，姑娘长得太漂亮的话，非但招人喜欢，也肯定遭人垂涎。具有天然海洋资源和重要战略位置的夏威夷，从一开始就被列强虎视眈眈。1778年，英国航海家库克首次发现夏威夷群岛，标志着尚未开化的夏威夷将结束混沌的时代，也注定再无安宁的日子。随着来自亚洲、欧洲和美洲等地移民的不断拥入，以及对外经济交流的日益增加，大国争夺夏威夷的博弈也越来越激烈。虽然英、法都曾公开宣称拥有夏威夷的主权，但实际手段远不及美国的凌厉。1830年，美国的大批传教士进入夏威夷后，基督教势力蓬勃发展，他们既带来了先进的科学技术，也在思想文化方面控制了夏威夷，渐渐地，夏威夷变成了美国人主导下的夏威夷。最为关键的是，1893年，当夏威夷的女国王提出要修宪时，美国的传教士带领当地的反抗势力发动政变，美国还派出军队登陆夏威夷，虽未直接参战，却大大助威反抗势力一举推翻了夏威夷王国。次年新组建的夏威夷共和国，则完全由美国人把控，立马上演了一出主动请求

▲西班牙风格的王宫

美国政府自愿被招安的把戏。1898年，当美国取得美西战争胜利后，在太平洋上再无任何顾忌，便堂而皇之地把夏威夷收纳为海外领地。至于1959年的全民公投，纯粹是掩人耳目的装饰门面，因为60多年下来木已成舟，夏威夷早已是美国人的天下，原住民更是所剩无几。

其实，日本对夏威夷也是觊觎许久，19世

纪末，夏威夷的人口比例中日本移民高达40%。当美国人领头推翻夏威夷王国的时候，日本正蓄谋甲午战争蚕食中国，紧接着霸占台湾岛。几十年过去后，日本仍然对美国独霸夏威夷耿耿于怀，终于在1941年12月7日偷袭夏威夷的珍珠港，重创美国的太平洋舰队，企图通过强取豪夺抱回夏威夷这个大美人。同样也想摘瓜，日本人的手法显然太粗暴拙劣，其狼子野心非但没能得逞，还被两颗原子弹毁灭了自己的家园。

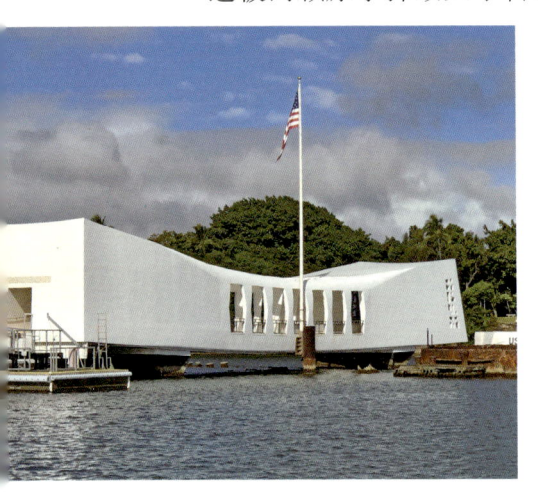

"二战"中日本人偷袭轰炸的美国海军基地，如今成了珍珠港纪念公园，这里也是许多游客来欧胡岛的理由。在亚利桑那战舰沉没的位置于1980年落成了纪念馆，外形有点像一具棺材，不知是否故意以此形式祭奠在战舰

▲珍珠港纪念馆

上遇难的1 177名将士？这个爱国主义教育基地上高高飘扬的星条旗，无疑也是在名正言顺地宣告美国在夏威夷的主权。

有趣的是，当威基基的海浪冲淡了历史的尘烟，繁华似锦将夏威夷烘托成举世闻名的旅游胜地，早已没有人关心美国扭下这只瓜的过程。但美国国会却于1993年高票通过了"道歉法案",由总统克林顿代表美国人民宣布,为100年前美国推翻夏威夷王国的政变正式道歉。由此证明,当初还真是强扭的瓜!

然而,道歉归道歉,美国决不会把夏威夷的主权拱手返还,这迟到的道歉,除了作秀,只能给世间增添几声无奈的叹息。

站在被誉为夏威夷象征的钻石头死火山上,眺望十里威基基最经典的画面时,不少人感叹,如果不是投身美国的怀抱,夏威夷不可能有今天名满天下的盛况。此话或许不假,但如果引申出只要结果是美好的,手段可以无所不用其极,那么,正义和良知就会哭晕在地,当主权犹如一张废纸任人践踏时,弱肉强食的世界哪还有秩序和安宁可言?

美国吞并夏威夷的伎俩,今天看来已没什么"惊艳",因为之后的国际事务中类似的案例屡见不鲜。不过也使我们明白一个道理:摘瓜的方式形形色色,有强扭的,有巧取的,也有等待瓜熟蒂落的,其实它们与瓜的甜不甜都没有必然的关系。强扭的

▲ 眺望威基基沙滩

瓜不甜早已是老黄历的说法了，但即使强扭的瓜最终是甜的，也抹不去"强"字的蛮横形象，弥补不了道义上的缺失，正如夏威夷的独立运动从来就没有停息过。

中国还有一句古训：君子爱财取之有道。这里的道，应该不仅指符合道义，也讲究方法，唯此才称得上坦荡荡的君子。

▲威基基海边

自以为是的美

夏威夷群岛由 132 座大小各异的岛屿组成，绵延 4 000 公里，主岛有 8 个，除了热闹繁华的欧胡岛，第一大岛夏威夷岛（也称大岛）和第二大岛茂宜岛（Maui）也是游客们常去的地方，主岛之间的飞机航班很多，看到旅行社介绍的游程中有的甚至可以安排当天往返。

我们从来没有坐过这么短程的飞机，从欧胡岛起飞半个小时便抵达了茂宜岛的 Kahului 机场。由于岛上酒店不多，供求关系造成酒店的价格居高不下。我们入住机场附近的宾馆，不含早餐每晚约 400 美元，四星级的宾馆规模虽不小，却如快捷酒店一般设施简单，甚至连个餐厅都没有。办妥宾馆入住手续已过了午餐时间，在宾馆小卖部买块蛋糕想垫垫饥，结果甜得掉牙，不堪入口。夫人在网上找到一家距宾馆不算太远的中餐馆，据称是茂宜岛上最好的中餐馆，饭店老板的父亲曾是蒋介石的御用厨师。我们决定在"艰苦抗战"之前好好犒劳一下自己。

约一个小时的车程，我们冒雨强忍着饥肠辘辘，憧憬一顿美味大餐。幸好我们在中餐馆午休关门之前5分钟匆匆赶到，坐在这个只有十来张桌子的小餐厅里，当老板娘亲自端上不中不西的菜肴，尚未下筷子我就敢断言：国内任何一个经常做饭的人，其手艺都不会输给这个"御用厨师"的后代！勉强填饱肚子的时候，我依然在思考这"当地最好中餐馆"的名称是怎么得来的，究竟是饭店主人毫不谦虚的自夸，还是没有见过世面的食客们的妄自评价？

饭后我们去茂宜岛上最出名的景点——拉海纳（Lahaina），它是该岛历史最悠久的小镇，1820—1845年间曾是夏威夷王朝的首府所在地。这座保留着18世纪风貌的古镇吸引游客趋之若鹜，其实也就是一条百来米长的海边小街，两侧木建筑的房屋大多是平房，局部也有些两三层的。如果不知道小镇"悠久而光荣"的历史，如果是搁在别处，这普普通通的木屋、毫不显眼的小街肯定不会引起人们的关注和兴趣。但偏偏这是在不缺钱但最缺历史的美国，18世纪的古镇已经比美国的历史还悠久，自然成了不可多得的宝贝疙瘩，大凡

▲ 拉海纳街景

来茂宜岛的游客能不来此报到瞻仰一下吗？

雨刚停，天仍阴沉，临海的小街上已是熙熙攘攘。都说率性的美国年轻人衣着很随便，可街上见到好几个男女青年显然是精心打扮过的，想必是要在名胜古迹前显得郑重其事。

拉海纳又被称作捕鲸镇，曾经是太平洋上捕鲸业的重要基地，据说每年的1—4月还能在此观赏到鲸鱼群腾空跃出海面掀起巨大浪花的场景。此时虽看不到鲸鱼，但是慕名而来的游客仍然在夕阳下久久地眺望远处的海面。当映红海面的落日开始缓缓下沉的时候，海边伫立的游人发出惊喜的欢呼，路上的行人也几乎都停下了脚步扭头远眺。人们纷纷掏出手机，有的对准金光粼粼的大海，有的摆造型玩自拍，仿佛这辈子从来没有见过落日似的。

我也情不自禁地拿起手机一阵狂拍，不是因为没见过大海落日的美景，而是被身边的这群美国人所感动，从他们真诚的神情中我发现了一种自以为是的美。这个发现对我本人具有极其重大的意

▲ 海边的拉海纳

103

▲ 门庭若市的拉海纳餐馆

义，可以使我避免因为一些问题的长期困扰而得抑郁症。

　　前几次到美国旅游总是遇到尴尬。多少美国人为之倾倒的迈阿密海滩，我却觉得不值一提，比地中海差远了。斯坦福大学附近富商云集的Palo Alto小镇，我怎么也看不出它的高贵雅致。许多美国人陶醉的美丽风景，在我眼中又怎会变得平淡无光？我只能怀疑自己的审美能力，还不敢告诉别人。如同有人说了一个冷笑话，大家都哈哈大笑，我很想跟着笑，却怎么也笑不出来。

　　不过暗地里我却常常不服气，单从我曾走过欧美亚几十个国家的旅游经历看，肯定要比95%以上的美国人见多识广。因为有数据显示，美国虽然是个超级大国，但出国旅游人数并不算多，有一半以上的美国人连护照都没有，在出国的人数中有一大部分仅仅是到隔壁的加拿大和墨西哥串过门。按常理，我的审美鉴赏力不应该低于大多数的美国人，为什么一踏上美利坚的国土我的审美能力就急剧下降了呢？

今天终于搞明白了，不是我本人有病，而是美国人的心里有一种自以为是的美，总是能旁若无人地自嗨。比如眼前的拉海纳古镇，我自信可以在欧洲找出三五百个比它历史更悠久、景色更优美的水岸小镇，但并不能因此改变美国人对这里赞不绝口、流连忘返。即使他们从未跨出过国门，依旧坚信美国是世界上最漂亮的地方，如同很多美国人把汉堡包当作世上最好的美食一样。

不难想象，美国人的自以为是肯定与财大气粗有关，似乎强大的美国月亮也一定特别大、特别圆。其次也应归功于美国的爱国主义教育卓有成效，自恋已经深入每一个美国人的骨髓。此外，世界老大的强大品牌效应，足以让天下人盲从，很少会有人去发现并揭破：美国人身穿的正是"皇帝的新装"！遇见游人中几个说着德语的年轻人，我们感到既亲切又纳闷：在欧洲什么样的名胜古迹没见过，为什么偏偏不远万里跑到这荒岛来访古怀旧？可气的还有网上那些国内的小

▼国家公园入口

白,动不动就用最高级来赞誉美国的某个景点:"世上最美""人生必去",在显摆自己旅游轨迹的时候也不乏趋炎附势的流露。

困扰许久的问题一旦想通了,立马精神焕发,次日的天气也迎来晴空万里。我们决定驾车去攀登茂宜岛的至高点——海拔3 055米的"太阳之屋",它位于哈雷阿卡拉国家公园,是茂宜岛的另一个标志性景点。早就听说美国的旅游精髓在国家公园,我们去过大峡谷和黄石国家公园后确有同感。

不知为什么,上山的游客十分稀少,一路上如入无人之境。渐渐地,云雾已漂浮在脚下,模糊的尘世皆成虚无,我们仿佛行驶在通往天堂的天路上。

车子直抵山顶,像是来到了另一个星球。停下车来怎么使劲都推不开车门,原来是狂风对车门形成的巨大压力所致。下车后被大风吹得跟跟跄跄,满地的乱石叫人望而生畏,不知是不是狂风掀起的结果。

这里是一座死火山,长期的地质

▲登山腾云驾雾

运动形成了特殊的地貌，人们称它是当今世界上地势最像月球表面的地方。此番我们来夏威夷度假晒太阳，没想到还顺便上了一回"月球"，真是有点喜出望外。昨晚还在海边抨击美国的平淡无奇，哪知道人家在山上藏着"干货"。原来，原生态的自然风貌和具有科普意义的地质地貌才是茂宜岛最靓丽的美景。据说在这高山之巅、云海之上观赏日出日落也是极佳的视觉享受。

"太阳之屋"的名称来自一个神话故事，茂宜神要把太阳留在常年没有阳光的山顶。如今乱石堆中那个简陋的小木屋，很容易被人误以为就是那间"太阳之屋"，其实它是游客中心，里面陈列着一些图片介绍与火山相关的地貌。

第一次近距离观看空旷而苍凉的"月球"，难免又惊又喜，但我俩还是没有勇

▲山顶乱石地表

▲山顶的游客中心

▲游客像科考队员

107

气像其他几位游客那样,冒着狂风到"月球"表面去"科考",并一路探寻火山口。严寒之下找不到一个地方可以歇息取暖,更不用说喝杯咖啡或吃顿饭,我们只能匆匆开车下山。忍着饥饿难免发几句牢骚:美国这个大户人家也不差钱,为什么不把游客中心搞得像模像样一点?声名赫赫的国家公园怎么如此荒凉,也不建一些配套的商业服务设施!

下山的途中,弯道一个接着一个,我的思想也慢慢转过弯来。看来这不是有钱没钱的问题,想必美国的国家公园推崇的是一种原生态的理念,既是出于保护自然资源,也是展现大自然最真实的美。但我又觉得,追求这种不加雕饰的纯自然美也是需要底气和资格的,在不差钱的地方那是一种先进的理念和崇高的境界,若在贫穷的地区肯定会被当做落后的象征。否则,非洲不早就成了全世界最美丽、游客最爆棚的地方了吗?这个十分简单而朴素的道理在我们的日常生活中不难找到例证:银行里的小白领需要名牌包包来包装和提升自己的形象,而腰缠万贯的大佬穿个地摊货都会被人赞不绝口。

所以说,美国国家公园里保持原生态展现自然美,何尝不也是美国人坚守他们心中自以为是的美。不管别人是否认同,世界霸主有足够的底气和话语权,我行我素,且要担负起引领全球文化和审美的潮流。有人说,茂宜岛之所以被称为

▲ 如同月球的地表

最适合度假的地方，恰恰因为它至今仍有75%的地域属于未开发的原生态。想想夏威夷归属美国已经100多年，茂宜岛3/4的地域仍保持原生态确实不易，但不知道这对于一个地区的发展来说究竟利弊得失如何。我暗自猜测：会不会美国人心里有个明确的分工计划，让纽约等大都市负责发展和繁荣，而卖身投靠来的夏威夷则以绝大部分岛屿保持原生态成为美国人度假的乐园。如果确有这样的分工，人们势必要问：合理乎？公平乎？

至于审美，纯属每个人自己的事，与他人无关。美国人自以为是的美，也是见仁见智无可厚非，只要不延伸出傲慢与偏见就好。

在天地轮回间领悟

夏威夷群岛中要数夏威夷岛的面积最大，故又得名大岛，据说随着新的火山喷发，大岛的面积还在不断地增长。大岛的东西两侧各有一个较大的城市及机场，我们计划先飞抵西边的 Kona，再一路驱车经过火山国家公园前往东边的 Hilo。

群岛之间的交通有频繁的航班连接，甚至每小时都有航班往来，如同坐公交车一样方便。我们从茂宜岛飞往大岛的 Kona 机场只需半个小时，飞机降落后，没有登机桥或摆渡车，乘客提着行李自个儿走向不远处的航站楼。所谓的航站楼也像个公交汽车站，四周通透，局部没顶，如同几个凉亭组合在一起。

自从我们在茂宜岛上领悟了美国人自以为是的美，从此不再用欧洲的精致标准来审视和比较，学习以开放包容的心态去欣赏原生态的美。类似两口子过日子，只有多关注对方的闪光点且不吝啬适时的赞美，长此以往眼睛里真的就是西施归来。

Kona 处于大岛的背风面，终年雨水较少，是游客最集中的住宿地。而来自世界各地的游客,估计与我们差不多都是把这里当作一个落脚点,不会多关注城市的风光与风情,因为大岛吸引人的魅力正是远离城市和尘世的自然之美。

▲ Kona 的风情街

我们驱车向南,第一个目标是大岛的南岬。大岛位于夏威夷群岛的最南面,大岛的南岬自然而然成了美国领土的"南极"。游客纷纷慕名而来,可寻寻觅觅,怎么也找不到纪念碑之类的东西,哪怕是刻一块 South Point 的大石头都没有!显然这就是美国人与众不同的地方,不以人造景观喧宾夺主,而是充分展示自然主义的真实和原始美。

一路上的荒郊野岭,再也不会使我们成为"愤青",我们努力从荒凉中感受大自然的无穷魔力,从前所未见的黑沙滩、绿沙滩、红沙滩上感叹大千世界的多样性和丰富性。渐渐

▲ 美国的"南极"

111

▲ 黑沙滩

▲ 高中同学拍到的熔岩

也忘记了自己旅游者的身份,仿佛是在一路考察这里的地质地貌,还煞有介事地分析其成因,思考与社会发展的关系。

几乎所有的游客都是因为火山而来大岛。设立于1916年的大岛火山国家公园不仅有数百平方公里的辽阔地域,而且至今仍然喷发,是当今世上最活跃的火山之一,1987年即被列入世界自然遗产。

去年,旅居波士顿的高中同学来夏威夷度假,全家像科考队员脚踏活火山的照片发在朋友圈里让所有人垂涎三尺!我们紧随其后而来,意欲身临其境也站在冷却硬化的熔岩上,感受裂缝深处的隐隐火光是否炙热得让人站不住脚。当我们兴冲冲地赶到哈雷茂茂火山口,别说没见到想象中的冲天火光,甚至连一丁点的微弱红光都没有。阴沉的天气里,只有狼烟四起,夹带着些许硫磺味。众人纷纷环绕眺望的大坑洞，就是基拉韦厄火山的主火山口，直径达800米之大，如同一口深不见底的大铁锅煮沸后刚刚停火，袅袅白色烟雾从锅底升向空中。虽然我们知道这白烟就是火山地热转化成的热气，可毕竟不如通红的熔岩给人一种刺激感。失望之际，我们转而自我安慰：莫非只有在夜色里才能见到熔岩的火光？

于是我们驾车驶向海边，去观赏熔岩入海的地方。沿着盘旋的公路下行，一望无际的广袤与荒芜，仿佛来到了另一个星球。道路两侧时常出现成堆的黑土，像是刚从工地上运来倾倒在路边的渣土。随着车子前行，路旁的"渣土"越来越多，我们索性停下车来细细打量，原来这就是火山喷发出的熔岩冷却凝固后形成的"新土"，乌黑油亮，像一堆堆新鲜的牛粪，形状极其丑陋。所谓的新土经过

▲ "狼烟"缭绕

▲ 火山吐出的"新土"

113

旷日持久的风化，颜色逐渐变浅，硬化的表面如同龟背一样纹理清晰。在这片新土形成的新生世界里寸草不生，鸟兽绝迹，没有一丝生命的气息，倒像是颓败的世界末日，或是时光倒退千万年回到了世界之初。需要历经数百年后，地球上新生的土壤在持续风化作用下，才会慢慢让生命的种子重新生根发芽，渐渐再有茂盛的植物和浓密的森林。有谁能想到，正是这一堆堆丑陋的黑土演绎着天地轮回的故事。

抵达海边公路的尽头，前方区域禁止汽车通行，只能徒步进入。刚从那里返回的游客告诉我们，走了几公里除了黑土啥也没看到。我们正在犹豫，是否值得花费几个小时徒步尝试一下，还不知能否像老同学那样拍到闪烁着火光的熔岩。夫人看到公告：近期不是火山活跃期。这意味着无论是白天还是夜里，都不可能有奔腾的岩浆或隐隐的火光。我们不远万里专程而来，却与大岛独有的经典画面无缘相见，虽然不无遗憾，但也不得不认账：一场说走就走的旅游岂能幸运地邂逅全世界的精彩？据说有心人可是蓄谋已久伺机而动，紧跟火山喷发的讯息有备而来的。

▲ 网红海拱门

既然人类绝大部分的知识都是来源于间接经验，我们不妨就多看看网上的照片对照一下现场实景聊以自慰吧。我们站在大海边的网红海拱门前，努力想象熔岩入海呈现出一半是火焰、一半是海水的震撼场面。从火山口喷涌而出的熔岩，似红彤彤的火球升空火星飞溅，随即又像金黄色的洪流决堤一泻千里，凭借1 000℃的高温毫不留情地摧毁世间万物，又以鬼斧神工重新塑造世界，眼前如象鼻探水的拱门造型就是熔岩入海时形成的杰作。荒芜的天地间，到处皆是黑乎乎的乱石嶙峋，似乎一切都在展露和证明造物主的任性和威力、大自然的神奇和魔幻，无不令人惊叹，随之而生的敬畏之心尤其强烈，在大自然面前人类是何其的渺小，甚至不如一堆周而复始永世不灭的新土。

次日，我们在Hilo一觉醒来，窗外阳光灿烂生机无限，与昨日苍凉的世界简直天差地别。位于东端的Hilo是大岛上历史最久、规模最大的城市，相距火山国家公园约45公里。我们漫步在宾馆楼下的海滨绿地，尤其是精雕细琢的日式园林更是给人

▲大岛的日式园林

惊喜，仿佛是故意要与临近的火山公园形成极端的对比，心里顿时多了一份莫名的感动，沙漠遇绿洲绝对可以与久旱逢甘霖相提并论，而被列为人生第五大喜事。正如只有经历过黑夜的人才会珍惜光明，也只有感受过荒芜才会觉得苍翠欲滴、绿水环绕是多么的可贵可亲，把它称作世间最美的景色也毫不过分。

　　大岛除了世界上最活跃的基拉韦厄活火山外，还有一座冒纳罗亚火山，海拔达到 4 170 米。据说在山顶上可以观赏到极其绚丽的落日、晚霞和火烧云，尤其是满天的繁星像晶莹的细沙撒满天空，我们自然很想登上著名的 Mauna Kea 见识一下。哪料到，车行到半路，发现油箱剩油不多了，这两天醉心于科考忽视了加满油箱。沿途

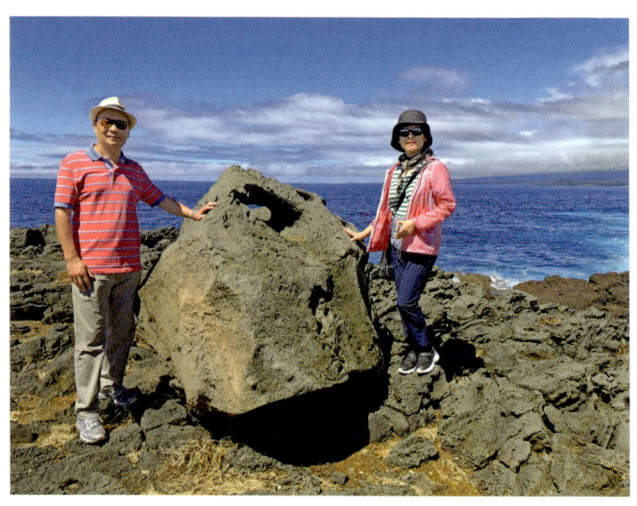

▼天涯海角地久天长

▲ 新土孕育的生机

没有加油站，担心上山后因断油而进退不得，索性趁早折返。若是在以往我肯定会为此懊悔，由于自己的一时疏忽而与世上人称最美的景色失之交臂。但此刻，我们竟像重生的新土一样，经过炙热的燃烧洗涤了灵魂，胸中装的全是宇宙的变化和人类的命运，早已无心顾及可有可无的审美。

在一望无垠的辽阔土地上，我们孤独地前行，没有人烟和树木，也不见任何建筑，笔直的公路分明是在荒凉的茫茫新土中开辟出来的，看不到尽头。犹如置身于外星球的场景，很容易引发人类的终极之问：我们从哪里来，到哪里去？

观两侧高高低低、深深浅浅的新土，已然在此无声无息地躺了千百年；叹短短几十年的人生，恰似我们开车从这里一闪而过，甚至还不及几株杂草破土而出的过程；哀一切顽强之生命亦终将

消亡于广袤的泥土中。

  夏威夷的大岛之行,哪里是普通意义上的旅游或度假,分明成了探秘地质地貌的科学考察和参加火山知识的培训班,最后上升至人生哲学的思考,在天地轮回间大彻大悟:"寄蜉蝣于天地,渺沧海之一粟",在我们来去匆匆的生命旅程中,还有什么身外之物是不能放下的呢?

艳阳无关风和云

起名字很重要,"张翠花"肯定不及"爱丽丝"来得洋气和优雅。地名也是如此,自从我们小时候听过智取威虎山中夹皮沟苦大仇深的故事,山沟沟便成了穷山恶水的代名词。直到有一天,意大利的福纳斯山谷如雷贯耳,人称阿尔卑斯的一颗明珠,动摇了我陈旧的观念。同样是山沟沟,人家这吉利又浪漫的名字让人一听就心里痒痒的,充满遐想。

福纳斯山谷位于闻名于世的意大利北部多洛米蒂山区中,虽然我们垂涎向往许久,几次制定游览攻略,但因前几年忙于一鼓作气跑遍东欧原社会主义国家,与福纳斯的约会便一拖再拖,直

▼山里人家

到 2019 年春天才得以去亲手掀开美貌"新娘"的红盖头。

　　从米兰机场租车向多洛米蒂进发，经过的第一个城市是 Trento，这里是进入多洛米蒂山区的门户。我们来到大广场午餐，浓郁的古风扑面袭来，顿时有种久违重逢的亲切感。虽然是陌生的城市，但似乎是熟悉的气息，毕竟我们曾来过意大利几十次，尤其是之前 5 年，我们几乎年年来意大利度假。为了便于旅游，夫人还特地参加培训班学了半年的意大利语，此刻身临其境，感觉被遗忘的单词频频跳入脑海。

　　继续往北，便要经过多洛米蒂地区最大的城市 Bolzano，这里被称为意大利生活品质最高的地方，也是大部分游客的集散地。在熙熙攘攘来自四方游客的簇拥下，我们乘坐缆车上山，本想凭高俯瞰城里的人间烟火，没想到山上居然还有小火车，把一个个秀丽小山村串联了起来。在云

▼ Trento 市中心

雾缭绕中穿行，目送缓缓移动的雪峰峻岭，使人飘飘欲仙。

终于如愿抵达福纳斯山谷。夫人精心挑选预定的家庭旅馆，阳台正对着赫赫有名的盖斯勒山峰。与雪峰遥相对望，令人心旷神怡。

呈锯齿形的盖斯勒山峰，形态独特，由古代珊瑚礁风化侵蚀而成，是多洛米蒂山区的标志，人称"白云石山"，亦是全球最上镜的山峰之一。我泡壶茶坐在阳台上细细品味，好不惬意！

事先我们在网上看过不少赞美盖斯勒山峰的游记和图片，几经周折，终于在St.Magdalena小镇找到最佳的拍摄位置。但我们不满足于步人后尘，又辗转在St.Peter小镇的山顶上，盘旋几十弯道山路，欣赏到更加壮丽的画面。

因为美景总是百看不厌，何况还有"横看成岭侧成峰，远近高低各不同"的古训，我们自然要不断变换角度去领略它不同时段的色彩与英姿。黄昏时分，在St.Magdalena小镇外的又一个著名拍摄点，遇见一群发烧友架着单反相机耐心地等待着。抬头看盖斯勒山峰，被云雾笼罩着，灰蒙蒙的。时间已经超过晚上七点半，他们还在等什么？为了得到答案，我们不顾山区夜晚的寒冷，也死扛着陪等。不一会儿，云雾散去，最后一抹夕阳穿过云层，正好平射在盖斯勒山峰上，原本灰黑色的山峰顷刻间变成金黄色，在碧蓝天空的映衬下格外迷人。

▼ 福纳斯山谷

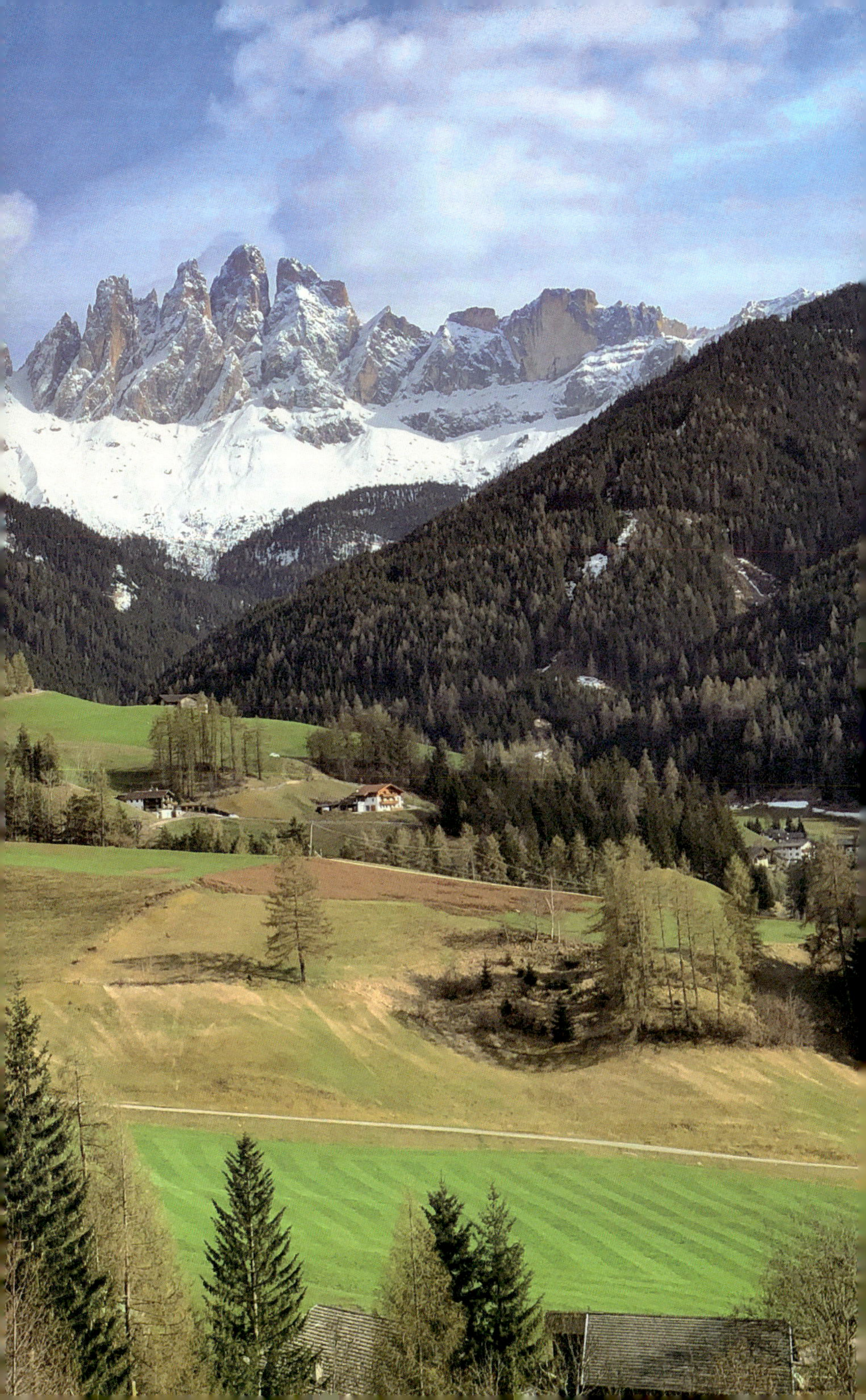

明明是夜幕即将降临，却突然峰回路转，犹如回光返照。这意外的收获是超常的惊喜，也促使我们在随后展开的旅途中去发现多洛米蒂山区一个个被颠覆的"常理"。

一路走过十多个村镇，无论是深藏在山坳里的 St.Christina 和 Badia，还是袒露在山坡上的 Toblach 和 Castelrotto，几乎家家户户都是开门见山。La Villa 被四周的群山合围得水泄不通，高山峻岭把脚下的 Corvara 压得喘不过气来，山顶上的旅馆和餐厅更是与雪峰相依偎不离不弃。在我们的传统印象中，山区总是与交通不便以及贫穷密不可分的，所以，山里人想要脱贫，总是怀揣着逃离大山的梦想。然而同样是与世隔绝的山沟沟，这里的阳光却格外明媚，一派

▲ Castelrotto 小镇

▲ 山里人家

安宁祥和，甚至比城里的生活更加悠然自得。我情不自禁地想起小时候时常背诵的愚公移山的故事，对照眼前的情景不免浮想联翩：人定胜天的口号固然可以鼓舞斗志，但有时随遇而安顺势而为的结果或许更好。多洛米蒂的山民们与世无争，靠山吃山，日子不是过得有滋有味吗？穷山恶水与他们毫不沾边！

一个个迷人的山谷里隐藏着一座座神秘的村镇。我们想深入其中探秘，却不料处处遭遇空城计。

Cortina是多洛米蒂东部的重镇，被誉为皇冠上的明珠，因为这里的滑

▲ 山里人家

▲ 山里人家

雪场堪称最佳，1956年曾举办过冬季奥运会，连"007"系列电影也曾来此取过景。可我们抵达镇中心时却发现步行街上空空

▲ 空寂的 Ortisei 街头

▲ 冰封的湖面

如也。

西部的 Ortisei 是登山的集散地,前往各个方向的十几条缆车起点都在这里,但此刻整个小镇仍在沉睡中,万籁寂静。

来到广受赞美的 Lago di Braies 湖,完全看不到人影,冰封的湖面尚未化冻,哪里会有传说中五颜六色的变脸。

原来我们认定的"常理"又一次被现实碾压得粉碎。咱中国人喜好的春游踏青季节,在这里恰恰是旅游最清淡的日子。因为冬季的多洛米蒂山区是滑雪胜地,夏天成为徒步的天堂,秋天有斑斓的色彩,唯独春暖花开的时节被人冷落。商店关门,旅馆歇业,难怪我们找一处吃饭的地方都不容易,幸好经过 Canazei 时看见一家快餐店还在营业,如获珍宝似地赶忙坐下来喝一杯咖啡。

最让我们诧异的还是多洛米蒂的曲折历史和命运多舛。

多洛米蒂山脉位于意大利北部的南蒂罗尔，历史上长期是奥地利蒂罗尔地区的一部分，随着第一次世界大战奥匈帝国战败和解体，根据1919年的《圣日耳曼条约》，南蒂罗尔这块美丽的土地被迫割让给意大利，50万说着德语的居民从此沦为意大利的少数民族。尤其是在"二战"时期，意大利法西斯政权对南蒂罗尔地区实行强制意大利化和"去民族化"政策，不可一世的希特勒为了巩固德意同盟，居然向墨索里尼作出妥协，要求南蒂罗尔的德语族群自作选择：要么离开祖祖辈辈生活的故土迁居到合并奥地利后的德意志帝国，要么留在当地接受完全的意大利化。"二战"结束后，南蒂罗尔地区曾爆发持续数年的武装反抗，要求重归奥地利，但最后被意大利政府军平息。直到1972年在奥地利政府的极力斡旋推动下，意大利政府同意给予南蒂罗尔地区最大限度的自治权。

　　战争的炮火和政治的风云可以改变多洛米蒂的归属，但不会影响它广受喜爱成为全世界知名的旅游度假胜地。鉴于多洛米蒂山区奇峰林立、风景如画和空气纯净，2009年，联合国教科文组织将其列入

▼盖斯勒山峰

世界自然遗产名录。坎坷历史留下的印记依然可见，如今的多洛米蒂地区普遍使用德语和意大利语双语种，地名也是双语标注，宾馆的服务员还风趣地告诉我们：上学时老师每周轮换用德语和意大利语授课。

我们坐在 Merano 郊外网红酒店 Miramonti Boutique Hotel 的露台上午餐，沐浴春光，遥对雪峰，秀色可餐，真是赏心悦目。回顾 5 天来我们漫游多洛米蒂山区大大小小的城镇，天天晴空

▼在 Merano 网红酒店午餐

万里，我忍不住得意地说：我们的运气真好！夫人则反驳道：应归功多洛米蒂这块风水宝地，它全年有300多天都是艳阳高照。

▲ Merano 酒店的乐队

恰逢欧洲的复活节假期，Merano 市中心人流如织，热闹非凡，看着一张张笑脸、一幅幅温馨的画面，我暗自琢磨：自从1919年割让南蒂罗尔，至今恰好整整100年过去了，还会有人耿耿于怀纠缠于陈芝麻烂谷子的老黄历吗？其实，只要老百姓的日子过得舒畅，有幸福感、获得感，其他的都是过眼烟云。

即将告别多洛米蒂的清晨，推开阳台门便被眼前的美景惊呆了：曙光映红天空，将雪峰和山坳照耀得格外妩媚。此刻，唯有借用伟人的诗句发出赞叹："江山如此多娇，引无数英雄竞折腰。"

我们临窗享受早餐的时候，花园里突然拥进一支身着奥地利民族服装的乐队，演奏起欢快的音乐，这是赶在复活节为我们隆重送行的节奏呀！典型的奥地利民族管乐曲回响在山谷中，令人感受到奥地利民族文化的盎然生机。纵然历史的车轮已经驶过一个世纪，顽强的民族文化基因不会因风云变幻而泯灭！正如这多洛米蒂的艳阳

▲告别雪峰和艳阳

天无关风来云去。

　　我们挥手作别雪峰与艳阳,心中装着无数美好的画面和满满的惬意。我会记住你,盖斯勒山峰和山沟沟里的艳阳天!哦,应该叫福纳斯山谷!

乐把他乡当故乡

瑞士，以精美绝伦的山水闻名于世，我们无数次乐此不疲地周游瑞士各地，无论是繁华的苏黎世、日内瓦，还是别致的雪山湖泊，都留下了我们的足迹。

2017年秋，与发小C君相会在卢塞恩附近他的豪宅里。他在德国留学多年，获得博士学位后到瑞士工作也一直住在德语区，骨子里应该有很深的日耳曼文化烙印，那天却极力给我们推荐瑞士的意大利语区。告诉我们他在洛迦诺（Locarno）购买了一套度假高级公寓，他夫人和女儿正在那里休假，如果不是为了接待我们，他也会在周末赶去与家人团聚。洛迦诺全年有270多天的阳光，堪称瑞士之最，那里满大街都是正宗的意大利餐馆，家家味道各有特色，从他眉飞色舞的

▲ 洛迦诺街景

介绍中读出了他的喜爱之极,也勾起了我们的向往之情。我当即表示,一定找机会在洛迦诺重逢。

早知道瑞士除了有以苏黎世和伯尔尼为代表的德语区、以日内瓦和洛桑为代表的法语区,还有意大利语区和极小部分的罗曼什语区。虽然我们也曾在 2005 年匆匆游览过意大利语区最大的城市卢加诺,但对瑞士的提契诺州(意大利语区)确实了解不多,看来要真正喜欢上一个地方,需要用心地慢慢体验。于是,我们计划利用 2019 年复活节前后去意大利度假之际,专程游访一下洛迦诺,兑现与 C 君的诺言。

我们从意大利科莫湖畔的索瓦伦那出发,驱车两小时便抵达了瑞士的洛迦诺,它位于马焦雷湖边,与下游的意大利共饮一湖水。夫人预定了当地最好的宾馆,在半山上的富人区,既可以俯瞰洛迦诺城区,还能眺望雪峰和湖景。入住宾馆后,我们就坐在露台上午餐,阳光和美食,当地最大的两项特色

▲ 从宾馆俯瞰洛迦诺

一下子被我们收入囊中,顿感心里美滋滋的。

饭后我们走出宾馆,想要好好欣赏这座仅 1.5 万人口却名声不小的城市。与宾馆相距百米便是

洛迦诺最著名的景点——萨索圣母教堂，据说它是按照圣母玛利亚所述的梦境于1480年建造的。如果是从山下

▲萨索圣母教堂

远远地眺望，一定更能体现教堂屹立在岩石上的地势位置和雄伟气势，上帝居住的地方当然是高高在上让人仰望的。

　　在教堂的对面乘坐缆车登上山顶，心旷神怡地将广阔的湖区尽收眼帘，兴致盎然地与四周的雪峰合影。然后我们再次坐上缆车下行直接抵达市中心，从鳞次栉比的商家一路逛到建于中世纪的大广场。每年8月在此举办的国际电影节，是

▼笑傲雪峰

除戛纳、威尼斯和柏林之外欧洲的四大电影节之一。然而眼前铺满鹅卵石的大广场显得过于古朴,高高低低的地面,恐怕连椅子都很难放平,莫非这也属于意大利式的浪漫?

我们沿着马焦雷湖畔漫步,在享受湖光山色和意大利浪漫风情的时候,心里却有不少的疑问。洛迦诺所在的提契诺州,犹如一个插入意大利的犄角,无论从地形位置,还是民族和文化来看,提契诺都应该是意大利天然的一部分,怎么会隶属于瑞士呢?上网查询获知,并非通过武力兼并,而是提契诺地区于 1803 年自愿脱离意大利加入瑞士联邦。当初的瑞士尚未如今天这般富裕,所以肯定不能算是提契诺投身豪门。回顾历史,瑞士一直很贫弱,远没有意大利强大,且几乎都是山地和高原,故有"欧洲屋脊"之称。而提契诺地区地势平坦,紧邻马焦雷湖,为什么却要舍弃与自己同宗的母语国家,投身邻国沦为少数民族呢?个中的缘由着实令人费解。

按约定时间 C 君来宾馆接我们去他家临湖的高级度假公寓小聚。真是无巧不成书,我们事先并不知道 C 君家的地址,但夫人预定的宾馆居然离他家只有 30 米远。C 君依然很享受他的双城生活:在卢塞恩拼命工作,来洛迦诺彻底放松休假,尤其是这里的阳光和美食让他流连忘返,不用出国就能尝到地道的意大利美味,从卢塞恩开车来洛迦诺只需要两个多小时,实在太方便和有诱惑力了。C君还得意地告诉我们当地的一句俗话：德国人的梦想是在瑞士有套房子，而瑞士人的梦想则是在提契诺有套房子！在他家可以俯瞰马焦雷湖的大阳台上，我由衷地为我这位相识四十多年的发小，从一个身无分文的穷留学生到实现了大部分德国人和瑞士人没圆的梦想而高兴！

次日，我们去城郊游览，洛迦诺很少下雨，偏偏被我们赶上了。夫人哀叹运气不佳，而我觉得或许雨中另有一番滋味。果不其然，雨中的Verzasca山谷犹如一幅幅移动的水墨画将我们带入烟雨蒙蒙、仙气缭绕的世界。镶嵌在半山坡上的Carippo石头村，"飘飘乎，如遗世独立"，山路狭窄得很难交汇两辆车，站在家家用石头垒起的老房子前，我们不知道自己穿越到了哪个世纪。建造于古罗马时期的萨尔蒂石拱桥，以优雅的曲线

▲ Carippo石头村

▲ 古罗马石拱桥

跨越被溪水冲刷得十分光洁的千年岩石河床，仿佛正诉说着历史的年轮和时光不老的童话。山谷尽头的 Sonogno，更像是一座被人遗弃的空村落，只有我俩在雨中顾影自怜。真没想到，繁华城市的周边竟还藏有如此古朴的山村！在这看似强烈的反差中，我觉得一定有一种相依相存的关系。山村离不开现代的商业文明，城市需要广阔的乡村充当后花园，原生态的古朴似乎更能消化来自闹市的喧嚣，就像颜色越深的物体越能吸光一样。

在青山古村落的细雨朦胧中，萦绕在我脑海的疑问也渐渐被理出了一些头绪。提契诺与瑞士其他地区的文化反差也很大，为什么200年来对当初加盟瑞士的选择无怨无悔，从未闹过独立或企图再次"跳槽"呢？想必也有彼此需要的成分。不管是否牵强，我为提契诺的"一嫁定终身"总结出两条像模像样的理由。

首先是门户相当发展均衡。经济是一切政治的基础，一个国家的少数民族如果与其他地区的经济差别太大的话，必然会产生离心力。西班牙

▲ Lavertezzo 古村

富裕的加泰罗尼亚州要独立，苏联贫穷的加盟国也要独立，前南斯拉夫联邦中无论贫富的国家都先后闹独立。因为富裕的怕被拖累，贫穷的抱怨沾不到光。只占瑞士联邦人口 8.2% 的意大利裔人，始终不减满满的归属感，一定是得益于整个瑞士的均衡发展、共同富裕。

其次是制度宽松、政策平等。瑞士是个联邦制国家，除了军事和外交，26 个州享有高度的自治权，各州基本可以做到"自由活动，互不干涉"。有如此宽松的制度和平等的政策做保障，少数民族也无后顾之忧，不会受到歧视和欺凌。

▲ 雨中 Ascona

我们又来到 C 君推荐的湖滨小镇 Ascona 游览，这里果然名不虚传，十分秀丽精致，但感觉既不是典型的意大利风情，也不像其他的瑞士小镇，有一种混合交融的味道。或许是近朱者赤的关系，长期被日耳曼文化包围，原本懒散的意大利裔人也会变得严谨靠谱一些。想起 C 君给我们介绍在洛迦诺买房时差点受到限制，因为当地有规定：每栋房子只有一定比例的单元允许出售给非本地户籍的瑞士籍人士（非瑞士籍人更加免谈），以避免太多的投资客或度假客造成房产大部分时间空置，从而影响本地经济的发展。如此缜密的思维、理性的政策分明像是日耳曼血统人的手法。

在我们眼里，生活在高原寒冷地带的瑞士人是比较冷漠的，也有几分傲慢，而被阳光宠坏的意大利裔人则生性热情但慵懒，两者似乎很难兼容。好比一个水灵灵的南方姑娘，嫁给粗犷的北方壮汉，外形和习俗的差异很难不叫人担心婚姻的稳定性。如今两口子日子过得红红火火，肯定缘于互相尊重和包容，甚至是互相影响和补充的结果，严谨不歧视散漫，热情不嫌弃冷漠。于是，南方姑娘满脸的雀斑便显得可爱，北方爷们黝黑的脸庞让人觉得健美。提契诺地区为什么会成为瑞士人的最爱，谜底自然也就昭然若揭了：除了充足的阳光和诱人的美食，还有两种文化可以在这里和谐相处、完美交融。

我想，这种包容和交融的氛围应该也是提契诺的意大利裔人乐把他乡当故乡的第三条理由。连我的发小C君在德国学成却没有留在当地发展，而是投奔瑞士公司并全家加入瑞士国籍，他觉得相比之下，对待外国人瑞士比德国更宽松友好一些，从C君得意的表情中不难看出他也有一种归属感。

有意思的是，洛迦诺还有一段无巧不成书的佳话。1925年，英、法、德、意等欧洲七国曾

▲ 洛迦诺大广场

在永久中立国瑞士的洛迦诺签订了著名的《洛迦诺公约》，试图平衡和约定第一次世界大战后各国之间的关系。虽然公约并未能真正奏效，几年之后便名存实亡，但是公约所倡导的用善意与和解取代猜忌与对抗被标榜为"洛迦诺精神"，而洛迦诺所在的提契诺地区恰是以不同民族和睦发展的成功典范诠释和宣扬了"洛迦诺精神"。

　　如果说瑞士美丽的山水是上帝赐予的，那么瑞士富甲天下则是200多年来人为奋斗的结果（历史上瑞士一直是个贫穷的地方），而这份可喜的成果也正是来自瑞士多民族的和谐相处与共同发展，值得世界各国学习借鉴。

因地制宜才是福

荷兰与德国接壤，我们居住在德国汉堡期间，曾多次去过阿姆斯特丹和海牙，但总觉得荷兰旅游资源不多，所以也就没往荷兰的其他地区多跑。此次去意大利、瑞士度假从阿姆斯特丹转机回国，特意安排停留两天，想去近年来爆红网上的羊角村打卡。

下飞机后，马不停蹄驾车赶往东北方向的羊角村，遭遇大雨和高速封路，半夜才抵达并入住宾馆。次日清晨，没拉严实的窗帘缝里透过一丝光亮，赶忙起身穿上衣服，走出一楼的房间，想窥探一眼天气状况。大地仍在沉睡，寂静得连水上的鸭子都不敢发出丝毫的声响，但晨曦已在天边和水面抹上一道暖色。

昨夜倾盆大雨伴着闪电，哪料到今晨居然曙光抹红天际，我喜出望外精神大振，索性去附近走走，权当晨练，呼吸一下乡村新鲜的空气。刚走几步，竟在树丛里发现一个通红的火球。那是喷薄而出的一轮红日？简直不敢相信自己的眼睛。很多次曾在高山上、在大海上观赏日出，可从未听说过，平地的村野里也能看到旭日东升。

激动得手足无措之余，才想起这里是低洼之国呀！

荷兰正式的国名叫Nederland，意思是低地之国，因其国土有一半以上低于或几乎水平于海平面，有些还是由围海造地形成的。一望无际的大平原上若没有丛山峻岭和高楼大厦的遮挡，不就如同在大海上一样可以将日升日落一览无遗吗？

▲日出羊角村

说来汗颜，自命为荷兰的邻居、德国的老华侨，可荷兰乡村的日出美景，见所未见、闻所未闻。哀哉！我们只顾憧憬和奔向远方，却辜负了多少身边的美好诗意！望着眼前一副岁月静好的模样，耳边顿时回响起那一句经典的歌词："才知道平平淡淡从从容容是最真。"

我们专程来补课的羊角村（Giethoorn），近年来闻名遐迩，在国内旅行社公布的荷兰游程中从不缺席。这个被人称为童话般的乡村，水道纵横交错，两侧茅屋秀丽，木桥成排，小船穿行。殊不知，这里并非天然的世外桃源，而

▲羊角村的茅屋

141

是一段苦难历史沉淀的结果。条条清澈的小河其实是早年当地人挖煤留下的沟渠，别致的芦苇屋顶是因为贫穷被用来替代瓦片，还兼有冬暖夏凉、防雨耐晒的优点。曾经从地下挖出了许多古代的"羊角"，从此便有了"羊角村"的名字。四方游客慕名前来，泛舟荡漾赏心悦目之时，我觉得更应该为当地人因地制宜奋发改造家园的精神点赞。

要论因地制宜，荷兰人是有光荣传统和辉煌历史的，靠海吃海就是最好的例证。据史书记载，17世纪，荷兰从西班牙的统治下获得独立，立马成为航海与贸易强国。从公元8世纪的维京海盗称霸欧洲海域，到15世纪、16世纪葡萄牙和西班牙先后开启大航海时代，谁能想到大海上的风水会在17世纪转到荷兰这么一个无名小国？当时全世界的商船共有2万多艘，而荷兰一国就包揽了1.5万艘，超过其他国家商船的总和。荷兰的东印度公司在世界各地设有1.5万多个分支机构，贸易量占到全球贸易总额的一半。荷兰因此达到了商业繁荣的巅峰，成为继西班牙之后世界上最大的殖民强国。只是不足百年，荷兰因在海战中败于英国，海上霸主的接力棒不得不让给了大英帝国。但曾被誉为"海上马车夫"的荷兰，在其纵横海上几十年的"黄金年代"，为强国利民奠定了坚实的基础。

我们从北面驶向阿姆斯特丹，有意途经并参

观号称天下第一的拦海大坝。说它是天下第一，不仅仅是因为几十公里长的规模，以及在海上建造的施工难度，我以为更重要的是赞美荷兰人没有被动地墨守成规，而是富有创造性的更高层面的因地制宜。

地势低洼的荷兰曾受尽大海的肆虐，海水漫灌侵蚀使得国土面积频频减少，累计高达几十万公顷。1932年，荷兰人在北海建起32公里长的堤坝，高出海面7米多的雄伟大坝，如铜墙铁壁捍卫了国土免遭海水侵害，同时也把须德海湾变成了一个淡水湖，便于填海造地挽回原来的国土损失。据悉，数百年来荷兰共围垦了7 000多平方公里，约占国土陆地面积的1/5。

大坝的西端设有观光服务区，过往游客可以借此歇息和

▲拦海大坝位置图

参观，一般外来的游客都不会错过这个机会。我们驾车不留心开过了入口，还特地折返回来，因为本来就是慕名来补课的，岂能轻易放弃！何况早有人把荷兰的围海大坝与中国的万里长城相提并论，都称之为世界奇观。我们在大坝上不仅看到了设计者莱利的纪念塑像，还有武装守护的装

143

▼蒙肯尼丹小镇

▲水坝广场上的王宫

甲军车。正如有人开玩笑说：如果大坝被炸毁，低洼的荷兰不攻自破。

我们入住在阿姆斯特丹郊外的小镇蒙肯尼丹（Monnickendam），这里本来应该算是海边的小渔村，因为围海大坝把海湾变成了湖泊，它便成了湖畔小镇。典型的荷兰砖红色建筑，但新得像是刚开发建成的小区配套商业街。不仅是新，而且静得叫人心慌。街上站半天才遇见两个放学骑车回家的女孩。

下午进入阿姆斯特丹市区，立刻被兴旺的人气所包围。然而，感触更深的则是，目之所及无不与这个国家的特性密切相关。

城市最中心的位置就是水坝广场，也是最显活力的地方，宏伟的王宫和纪念"二战"中死难者的国家纪念碑成为显著的标志，著名的Damrak大街从广场中间穿过，热闹的商业环绕四周。

有北方威尼斯之称的阿姆斯特丹，一环环的运河是它最大的特色，且一环运河间隔一条马路，如此奇妙的地形，世上恐无第二座城市。由于市内缺乏建造房屋的土地，运河上有不少停泊着的船只被改造成民居，漂浮在水上的居住区也成了阿姆斯特丹特有的一景。1998年我与几个朋友来此旅游，还曾入住在火车总站附近的一座水上宾馆。而市中心最醒目的水上建筑肯定要属海上皇宫大酒店，这家著名的中餐馆外形是一座三层的典型中国宫廷建筑。记得1991年夏天我们第一次来这里，因囊中羞涩望而却步，只能在门前留个影纪念。28年过去，真是弹指一挥间，唏嘘感叹之余不觉哼唱起那首老歌：三百六十五里路呦，从故乡到异乡，从少年到白头！

▼国家博物馆前

▲热闹的红灯区

阿姆斯特丹声名远扬的红灯区就在一条运河两侧的马路上，公开的橱窗女郎更是全球独一无

二的风景线。随着夜幕降临，几乎所有的外来游客都会来此签到，观光者形成的长长的游行队伍总是将河边小巷堵得水泄不通。红灯区也可以算是阿姆斯特丹作为港口城市的副产品，为四海漂泊的海员提供必要的服务，但阿姆斯特丹开放力度之大超乎想象，令人咂舌。延续至今，荷兰的法律对于毒品、性交易、堕胎以及同性婚姻的宽松程度依然位于欧洲之首。难怪有人把这里称作年轻人的自由天堂，每到周末，欧洲各地的年轻人纷至沓来，不仅带来了巨大的旅游消费，也赋予了这座古老城市青春的活力。

▲ 快乐的骑车姑娘

漫步在阿姆斯特丹市中心，从身边呼啸而过的不一定是汽车，常常是一辆辆飞快的自行车。因为荷兰有个别名——自行车王国，据称荷兰自行车的普及率全球第一，这不仅是因为荷兰人注重环保出行，肯定也与当地的地势平坦容易骑行有关。城里有自行车专用道，外来的游客可以租辆单车过把瘾。有的自行车上还有小孩乘坐的包厢，便于父母携带孩子同行。

荷兰又被称作"风车之国"，其实也与地理位置相关。由于地势过于平坦，缺乏水动力资源，荷兰人最初从德国引进用于磨坊的风车。又恰好濒临大西洋,坐落在盛行西风带,长年海陆风不息,于是风能的作用在荷兰被广泛应用。

在荷兰的旅游纪念品商店里,几乎没有不摆放或挂着大大小小彩色木鞋的,它与风车并称为荷兰的"国宝"。因为荷兰全年晴好的天气不足70天,历史上人们要在低洼潮湿的地里干活,不得不穿上这种敦实的木鞋。

因地制宜的例子在荷兰不胜枚举,由此人们不难理解,为什么荷兰这样一个西欧的狭小国家能够一时称霸海上,进而成为经济高度发达和富裕的国度,且长久不衰。

我们曾来过阿姆斯特丹无数次,从没见过这么多的人,丝毫不亚于巴黎、伦敦的街头。原来是正赶上每年3月底至5月底的郁金香节,库肯霍夫公园门口人潮涌动,如此场面恐怕只有在中国的景区才能见到。都知道郁金香是荷兰的国花,但有多少人了解郁金香并非原产于荷兰,而是1593年从土耳其等地引进到荷兰的。荷兰非但利用自身大平原的种植优势,而且将花卉当作产业经营,郁金香的年产量达到90亿株,源源不断地出口到世界各地,稳坐世界的头把

▲库肯霍夫公园

▲ 阿姆斯特丹街头

交椅。看来凡事不在于做得早，而是要做到极致。

占地 28 公顷的库肯霍夫公园里就有 500 多个郁金香品种，姹紫嫣红，让人眼花缭乱，分明是个百花齐放的博览会。尽管相似的花田早已被复制到上海的鲜花港、江苏的大丰花海，或许还有国内更多的地方，但恐怕只是图个表面的热闹，难以撼动郁金香王国的地位。

夫人一直认为荷兰 zu langweilig（德语，太无趣的意思），既没有意大利的绮丽山水，也缺乏意大利人的阳光与热情。而我发现，可以用如今流行的网络语"直男"来类比荷兰：虽然没有动人的外表和动听的美言，但懂得以自身的条件踏实奋发，在平凡的岗位作出不平凡的成就。或者说，他肯定不适合做个浪漫情人，但居家过日子，一定会红红火火，兴旺发达！

▲ 圣塞巴斯蒂安全景

天生丽质难自弃

  曾经游览过西班牙几十次，原来只知道往著名的马德里和巴塞罗那跑，直到 4 年前才开始走访西班牙其余的一个个历史古城。如今再次踏上旅途，要去大西洋畔的西班牙北部，挖掘更多的旅游宝藏：闻名于世的朝圣者之路、基督教三大圣地之一的圣地亚哥·德孔波斯特拉、神秘的巴斯克地区、惊艳现代建筑史的毕尔巴鄂古根海姆博物馆，还有海边古镇圣塞巴斯蒂安，人称全球美食者的麦加。在飞机上翻看携带的西班牙北部介绍书籍，不禁羞愧于蝉不知雪，也愈加憧憬即将开启的美好游程。

大西洋边的明珠——圣塞巴斯蒂安，有人称它是西班牙最漂亮的古镇。说来真汗颜，我们与圣塞巴斯蒂安曾经擦肩而过。2011年夏天，我携全家周游法国，漫步在比亚里茨海边时，相距圣塞巴斯蒂安只有半小时的车程。可当时因为孤陋寡闻，完全不知道邻近的圣塞巴斯蒂安声名不菲，也拘泥于传统古板的旅游方式：一个国家接着一个国家游，不会穿插交错着跑。其实，欧洲申根国家之间并没有边境的概念。

有一种爱，相见不晚！圣塞巴斯蒂安，我们终于来啦！我们从德国飞抵西班牙北部的毕尔巴鄂机场，租车自驾前往圣塞巴斯蒂安，路程大约100公里，一路翻山越岭的高速公路十分顺畅。进入城区方恍然大悟，这哪像个古镇，分明是个规模不算小的海滨城市！

旅游书上说：没有一个人能在看到圣塞巴斯蒂安后不疯狂地爱上她！而我们属于慢热型的，自认为见多识广，早已不会轻易地一见倾心，但也明显觉得圣塞巴斯蒂安与西班牙的其他地方确有诸多不同之处。受大西洋气候影响，这里的阳光看似灿烂，

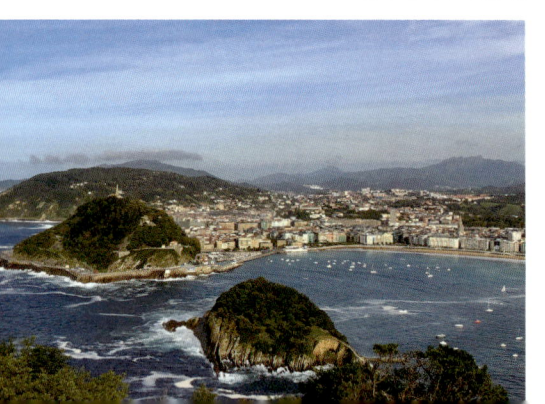

▼从伊格尔山顶俯瞰

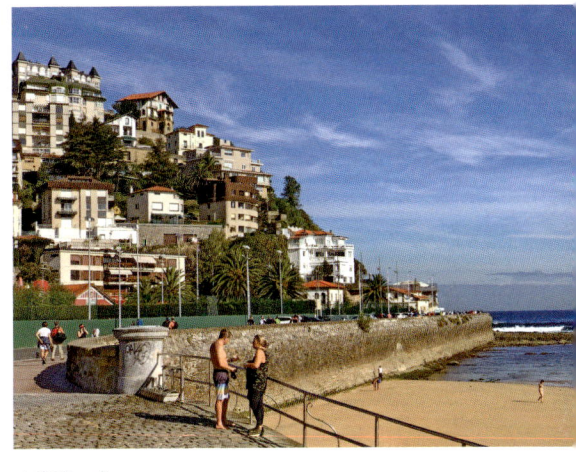

实则温柔，沐浴其中，颇感舒服宜人，若穿短袖走在林荫下或阴凉处还会感觉丝丝寒意。几百年来西班牙王室每逢夏季必来此地避暑，显然不是平白无故。西班牙内陆地区水分不足，沙石地里绿化稀少，而这里降雨量丰富，植被郁郁葱葱。印证了有人说的：它是最不像西班牙的地方。

▲ 海滨一角

几天的闲逛，四处转悠，我们渐渐发现，圣塞巴斯蒂安的确集聚了许多招人喜欢的要素。

这个避暑胜地，从近千年前的小渔村，随着19世纪酒吧业的发展已然成为时尚的高地，美丽的老城如今依旧展露出大气端庄而不失精致的气质。

更吸引人的无疑是被城市环抱的半圆形沙滩，绵延数公里，人称"贝壳"海湾。它位于城市的中心，满足了人们对城市沙滩的完美遐想；它热情地笑迎四方宾客，轻轻松松挤入世界著名的城市沙滩之前列。

圣塞巴斯蒂安处处呈现出人与大海和谐温馨

▲海滨小憩

▲苏里奥拉海滩冲浪

的画面：或在松软细腻的沙滩上蹚水漫步，或与亲友面朝大海小坐栖息，哪里都有蔚蓝当背景、浪涛作和声。

大海也赋予了人们丰富的生活：喜欢运动的，纷纷去城市东面会议中心大厦门前的苏里奥拉海滩冲浪，体验大西洋的风急浪高。追求艺术的，肯定要到贝壳湾西面打卡，欣赏著名雕塑家奇利达留给故乡的作品——风之梳。三个嵌入岩石的铁锚构成一组雕塑，据说是代表了过去、现在和未来。不管你是否能理解其含义，丝毫不影响它日渐成为城市的地标。

乘坐百年前建造的轨道缆车登上伊格尔山顶是所有游客的必选，在这个公认的最佳观赏点，可以将圣塞巴斯蒂安的全景以及贝壳海湾一览无

▲ 风之梳雕塑

遗。蓝天碧水一色，绿荫红瓦相映，白浪追逐沙滩，五彩斑斓的经典画卷，格外绚丽夺目。

如果就此以为圣塞巴斯蒂安是个自娱自乐的休闲地，那就太小看它

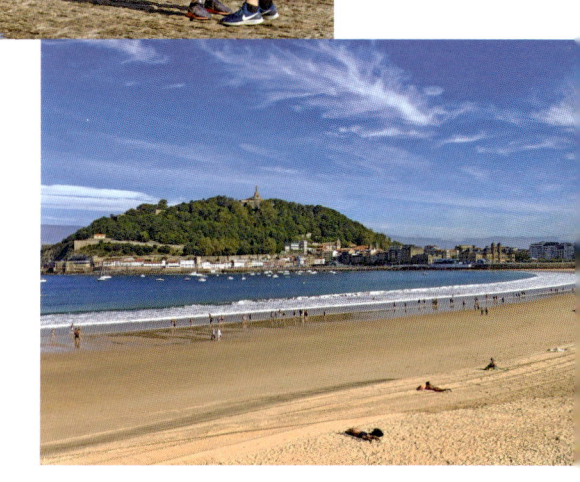

▲ 贝壳海湾沙滩

了！这里还有高大上的文化活动。每年9月底欧洲五大国际电影节之一在此举办。我们无意追星，却不巧撞上了今年的电影节活动周，难怪宾馆价格贵得离谱。路过当地最好的玛丽亚·克里斯蒂娜宾馆，门前的道路正被围堵得水泄不通，肯定是粉丝们在等待大明星的亮相。据悉，2016年范冰冰就是在圣塞巴斯蒂安凭借影片《我不是潘金莲》夺得最佳女主角奖，范美女当时兴奋得抱住冯大导演不撒手。

好玩的地方不能缺少美食。2012年，圣塞

153

巴斯蒂安当选世界美食之都。18万人口的城市竟有16家米其林星级餐厅，密度之高，傲视全球。圣塞巴斯蒂安的男人们不仅热衷美食，也偏爱烹调，全城有一百多家烹饪协会或俱乐部，会员过万。鳞次栉比的餐馆，竞相媲美的厨艺，能不宠坏食客们的舌尖味蕾吗？我们再也不用费心寻找中国餐馆，顿顿海鲜大餐，家家色香味美，彻底颠覆了我们以中餐为主的旅游传统。

当地人称作Pintxo的餐前小吃，色香俱全，精致诱人，是圣塞巴斯蒂安的一绝，而且花样繁多，林林总总，

▲ Pintxo 小吃

令人眼花缭乱，欲罢不能。游客们挨家挨户地逐一品尝，不厌其烦，尽享口福。否则哪算到过圣塞巴斯蒂安！

老城的夜晚比白天还热闹，因为老饕们倾巢出动，凭着敏锐的嗅觉，大肆放纵经不住诱惑的食欲。条条街巷里人头涌动，餐馆、酒吧内座无虚席，甚至门前都挤满了人。

深受热闹夜市的感染，晚饭后我俩也不忍早早地回宾馆休息，徘徊在老城权当散步。突然见到一队老人手持有人像的木牌穿街走巷,虽寥寥二三十人,也没喊什么口号,但游行示威的架势十分显然。游行结束后开始分发免费食品,仿佛是一场街头派对。示威者与游客混为一体,将小巷塞得满

▲游行过后

满当当。若不是看到头顶上悬挂的旗帜和写有标语的横幅,很难想到这是一次政治集会。虽然我们不懂西班牙文,但是凭借对旗帜以及横幅标语中某些符号的识别,不难确认这又是巴斯克人在闹独立。

西班牙东北角与法国接壤处,相对偏远孤立的山区里有个古老的巴斯克民族,拥有自己的语言和强烈的内聚力,从不甘于外族的统治,且勇猛善战,曾对西哥特人、罗马人和摩尔人的入侵做出殊死抵抗,是伊比利亚半岛上最后被征服的民族。1492年,当巴斯克地区成为西班牙王国一部分的时候,曾是享受高度自治的"特别行政区"。自1876后,随着中央集权的强化,便出现了巴斯克分离主义的思潮,1894年,巴斯克民族主义党应运而生,主张通过"和平"抗争寻

求独立。佛朗哥独裁统治时期，巴斯克地区的经济特权被取消，语言和文化受到打压。1959年，巴斯克民族主义党内年轻的激进分子成立"埃塔"极端组织，开始以恐袭暗杀活动谋求独立。虽然西班牙在1978年已经制定新宪法，重新恢复了巴斯克等地区的部分自治权，"埃塔"组织也因其恐怖活动受到全国民众的唾弃，于2018年宣布彻底解散，但巴斯克的分离独立运动却一直没有停息。

这意外的遭遇让我们联想起几小时前在香港大学上学的女儿来电话告诉我们，周末"港独"势力又将上街闹事，她已备足食品打算窝在宿舍里。真不理解，如今的世道怎么越来越躁动，到处有人闹独立，而且越是富裕的地区越想分离出去。西班牙南北两大经济强劲、旅游资源丰富的自治区都不太平：加泰罗尼亚自两年前公投宣布

▲ 老城步行街

独立被中央政府平息后近期又有死灰复燃之势，巴斯克地区要求独立的呼声始终不绝于耳。错综复杂的原因实在难以深究，或许"天生丽质难自弃"也是缘由之一吧，因为任何事情都有两面性，越是优质的元素往往越不稳定，正如企业里的精英人才最有跳槽的资本，也好比生活中娶个大美人回家固然心花怒放脸上有光，但更需要呵护有加，包括耐得住佳人撒个娇、使点小性子，如果真闹到大打出手、势不两立的地步便很难收场了。

▲贝壳海湾夜景

　　回到宾馆站在顶层的露台上，望着贝壳海湾，内心依然无法平静，但愿今晚的不和谐之遇，如同这大海里泛起的阵阵涟漪，不会破坏宁静的夜景。其实，圣塞巴斯蒂安绚丽的画卷离不开安宁祥和的底色，想想当年"埃塔"猖獗的时候，人心惶惶，再多的美景美食也难有万千宠爱于一身！既然我们无法左右世界的纷纷扰扰、分分合合，唯有衷心祈祷：天下永远太平、各尽其美！

157

凤凰涅槃终有限

毕尔巴鄂（西班牙语：Bilbao），是西班牙北部最大的城市，但在整个西班牙排名却只位列第十。在名胜古迹繁多、浪漫风情摇曳的旅游王国西班牙，毕尔巴鄂应当是寂寂无闻的，肯定算不上旅游的热点。幸好足球迷们还知道有个毕尔巴鄂竞技队，是一支超过百年历史的西甲劲旅。直到1997年古根海姆博物馆落成，毕尔巴鄂才真正声名鹊起，从而博得世人的眼球。我们也正因为享誉全球的古根海姆博物馆慕名而来。

尚未抵达毕尔巴鄂，我们已意外见证了它深受欧洲游客的喜爱，在汉堡机场竟然有数百

▲毕尔巴鄂市中心

人的包机前往毕尔巴鄂。当我们驾车进入毕尔巴鄂，目睹一辆辆旅游大巴和内维隆河畔络绎不绝

的游客，更加感受到一种生机勃勃的活力。

　　毕尔巴鄂始建于 1300 年，作为西班牙的第三大港口，伴随着西班牙海上强国地位的变化，一时兴盛，几度浮沉。它起先是西班牙羊毛出口的中心，17 世纪开始衰落。19 世纪通过出口铁矿与铁器再次振兴，20 世纪中叶后又跌入低谷。难能可贵的是，顽强的毕尔巴鄂依然能谱写凤凰涅槃的传奇，20 世纪 90 年代以大手笔的城市基础设施建设和全新的设计风格，一跃成为城市更新转型的典范。

　　穿城而过的内维隆河，两岸原是污染严重的工业区，如今已是天蓝水清，树绿花红。步入毕

▼ 古根海姆博物馆

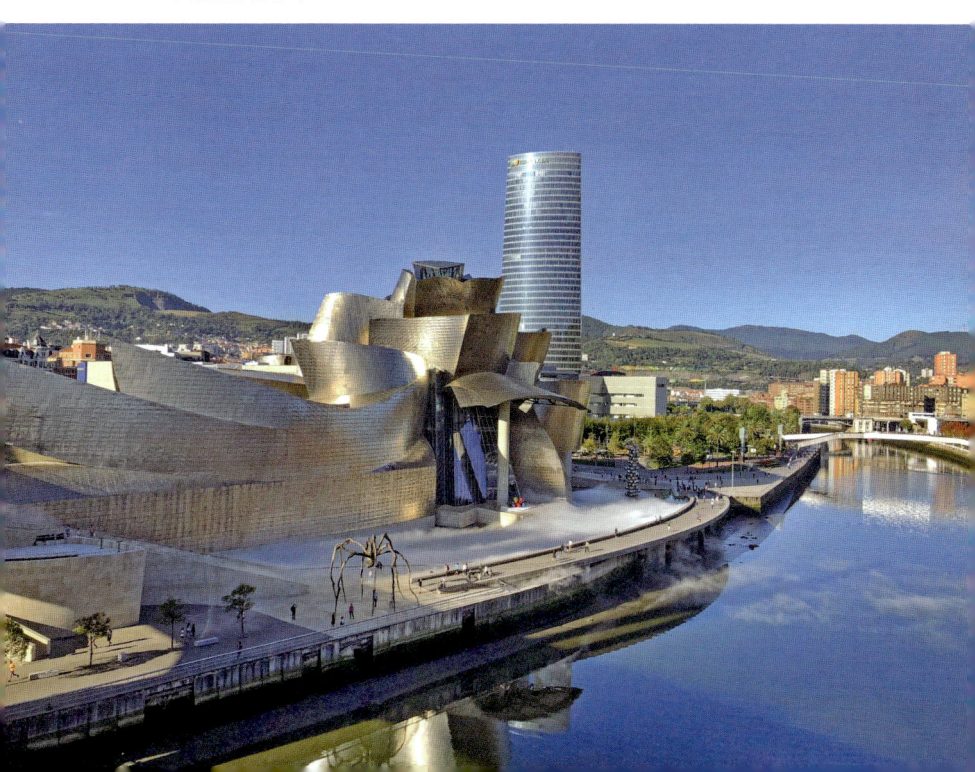

▲毕尔巴鄂街头雕塑

尔巴鄂老城,各个时期不同风格的各种建筑交相辉映,仿佛是有意证明它与时俱进的脚步。显然,毕尔巴鄂不愿像其他一些历史名城以古老自居,反而到处张扬其时尚的气息。

内维隆河上别致轻巧的沃兰汀步行桥,是城市的地标之一,虽然类似的系杆钢斜拱桥如今早已屡见不鲜,但毕尔巴鄂始终为它引领潮流感到骄傲。

毕尔巴鄂街头的各式雕塑居多,那是广邀天下艺术奇才特地设计打造的一张张城市名片。既有著名女艺术家路易斯·布尔乔亚设计的蜘蛛雕塑,招人喜爱地呈现在古根海姆博物馆门前的广场上。也有不知名艺术家抽象的创意作品,如同丢弃在路边的钢条卷。仔细观察,发现这里的雕塑有个共同点:多取材于钢铁,有一股工业风扑面而来。不管这些铁制雕塑的含义是什么,无疑都是在标注这个城市的特征,缅怀一个消失的时代。因为毕尔巴鄂曾经依赖铁矿石的开采、冶炼和出口,成为西班牙最大的钢铁工业中心。钢铁曾是它扬名世界的荣耀，莎士比亚笔下的"毕尔巴鄂利剑"正是对好钢锻好剑的赞美。

毕尔巴鄂一时成为世界各地设计师大显身手的地方，英国建筑师福斯特设计的地铁站，西班牙建筑师卡拉特拉瓦设计的机场，美国艺术家杰布·昆斯设计的雕塑。但毕尔巴鄂最大的亮点，无疑是屹立在内维隆河岸的古根海姆博物馆。这座由美国洛杉矶建筑师弗兰克·盖里担纲设计的解构主义前卫建筑，据说是借助于空气动力学使用的软件完成设计理念的。

从外表看，与其说它是个建筑物，不如说也是一件巨大的抽象雕塑。不规则的多面体，钛金属板包裹成的流线型曲面，在阳光下熠熠生辉，与波光粼粼的河水相映成趣。这个庞然大物耗用钢材5 000多吨，3万多块钛钢薄片镶接覆盖其身，金属质感强烈，却又不会叫人觉得笨重冰冷。随着日光入射角度的变化，建筑的各个表面产生不断变动的光影效果。

有人说博物馆的建筑结构如同大海中的漩涡，从中心向四周卷起万千巨浪。登

▲ 蜘蛛雕塑

上附近的电力大厦顶层，可以俯瞰古根海姆全景，亲眼验证这个设计大胆、外形古怪的建筑如何与周边的环境和谐相融。

博物馆内的形状也不同寻常，空间的利用率很低，展出的艺术品更是有限。但这似乎无关紧要，因为建筑的本身就是最大的艺术品，花10欧元入内参观，人们的兴趣点显然都是为了来朝拜一下这个建筑的圣地。

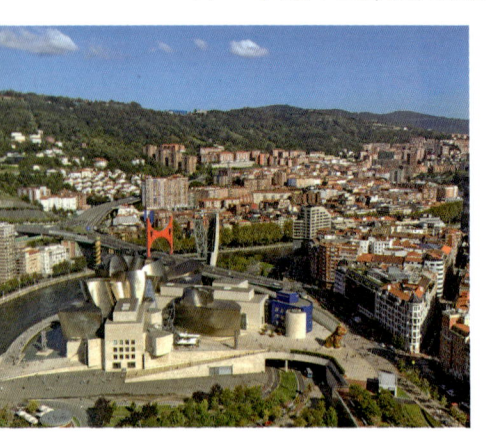

自1997年古根海姆博物馆落成开幕后，在建筑界和艺术界褒贬不一，名人与大众都对此议论纷纷，但并不影响它迅速爆红，令人趋之若鹜。毕尔巴鄂也借此一夜间家喻户晓，成为旅游的新热点城市。无论有多少毁誉，事实

▲俯瞰博物馆及周边

终究胜于雄辩。建造古根海姆博物馆的1亿美元投资，短短几年内全部收回，带动毕尔巴鄂的旅游收入增加5倍，超过城市总收入的20%。由此，这座传统的工业城市告别了污染严重的"灰色之城"，一举成为文化创意产业之都。

毕尔巴鄂转型振兴的模式获得"毕尔巴鄂效应"的美誉，被世上许多城市视作学习参考的范本。2010年，在77个被提名城市中毕尔巴鄂脱

颖而出，摘得首届李光耀世界城市奖。

追本溯源，据说是因为1983年的一场洪水摧毁了毕尔巴鄂的旧城区，让它痛定思痛；1991年建造古根海姆博物馆的一个理念，让它扬起了转型振兴的风帆。其实，一切并非偶然。纵观历史，这座顽强的城市从来不缺少创新的基因，被列为世界文化遗产工业类景观的维斯盖亚大桥便是一个例证。

▲小镇龙门架

在毕尔巴鄂西北面10多公里外的Las Arenas小镇上，有一座高高的钢铁龙门架，不知详情的人真不会知道它是一座桥梁，更无法想象车辆和行人如何登上去过河。原来它是以高空吊篮的方式运送车辆和行人过河。别出心裁的桥梁将龙门架和轮渡的功能在此融为一体。

这个被称为工业革命时代杰出的钢铁建筑建于1893年，桥高45米，跨度160米，采用

▲龙门架上的轮渡

了当时先进的轻质螺纹钢。它是世界上第一座同类的桥梁，也是至今仍在使用的唯一此类桥梁。它不仅代表了当年毕尔巴鄂发达的钢铁工业水平，也充分展现了出身于毕尔巴鄂的建筑师阿尔贝尔特富有

▲ 格尔尼卡的老橡树

创造性的智慧，世界遗产委员会将它誉为功能性与建筑美学的完美结合。

纵然毕尔巴鄂广受赞誉，也绝非尽善尽美。作为巴斯克地区的中心城市，毕尔巴鄂的头上始终还有一个民族主义的紧箍咒，巴斯克的古都格尔尼卡小镇就在毕尔巴鄂东北方向约30公里处。在这个巴斯克人的精神家园，一棵老橡树的焦枯树桩被罩在一个精美的亭子里备受呵护，那是巴斯克人心目中极具政治象征意义的"圣树"。巴斯克没并入西班牙之前，就是定期在老橡树下召开民主议会商定国事。距离老橡树不远的广场上，巴斯克斗士手持旗帜和武器的塑像醒目地屹立于中央，脚下放满鲜花。

所以，毕尔巴鄂无法避免相互矛盾的多重性，在锐意创新的时候，也始终固守巴斯克的传统旧

制。成立于 1898 年的毕尔巴鄂竞技队，悠久的历史早于皇马和巴萨，是西班牙历史上第二个足球俱乐部，它有一个百年不变维持至今的规定：只使用巴斯克血统的球员。这个不合时宜的"血统论"势必大大限制了足球人才的选拔，但即使面临降级的威胁，球队与球迷们依然毫不妥协。

　　这座桀骜不驯的城市就是如此令人不可琢磨：可以大胆聘用有争议、反叛性的国外建筑师，将城市面貌脱胎换骨地更新，却不会越雷池半步，允许代表城市荣光的足球队员有丝毫的血统不纯。难道这就是人们常说的"底线思维"？纵然思想再开放，也有跨不过去的界限！毕尔巴鄂是巴斯克地区人口最密集、经济最发达的核心，

▼格尔尼卡修道院的屋顶彩画　　▼格尔尼卡的广场

自然也是民族主义色彩最浓厚的地方，恪守球队用人的遗制，显然不能简单地归咎于顽固教条或是傲慢自恋，而是通过"血统论"无端扯上了"讲政治"的高度。正如世上许多事，一旦掺杂进各种复杂的因素，便异化得无法就事论事了。

　　引领城市转型潮流的时尚之都毕尔巴鄂，只道是浴火重生换新颜，却原来凤凰涅槃终有限！

浪花淘尽英雄

一路游走在西班牙北部，惊讶它有别于典型的西班牙，没有浓烈的色彩和奔放的热情，没有灼人的烈日骄阳和沙石地里的荒凉，满目郁郁葱葱和绿荫里的一片片红瓦，有点类似奥地利的山区丘陵，还多了蔚蓝的大海做背景。大西洋边的一个个古朴城镇，犹如上帝撒落的明珠，颗颗闪烁着亮丽的星光。

夫人事先备足了功课，认真标注出每个地方的名胜古迹，按图索骥，绝不遗漏。我们入住海港城市桑坦德（Santander）的宾馆后，想打车前往当地最著名的马格达莱纳宫。不知是因为出租车司机听不懂夫人说的英语，还是真的孤陋寡闻，他竟然不知道那座西班牙国王阿方索十三世的行宫。我们在城市游览图上指点着那个伸入大海的岬角，司机还是没有弄明白我们的目的地，只把我们放在海边岬角的入口处。

地图上小小的一个岬角，实际上是个

▼马格达莱纳宫

硕大的绿地公园，我俩步行很长一段路，几乎走到半岛的尽头，才看到一座英伦建筑风格的宫殿背靠大海屹立崖边。想必这就是建造于20世纪初的皇室夏宫，眼下大门紧闭，楼前冷冷清清，庄重宏伟的外表下显出几分孤傲。如今它早已失去了皇家身份，据说常被用作会议厅。在这个冠名为马格达莱纳公园的半岛上，人们似乎并未把宫殿当回事，只见三三两两的行人沿着海滨漫步，草坪上儿童欢快地玩耍奔跑，游乐设施前人群喧闹，绿荫下老少席地聚餐，一派祥和惬意。恰真是"旧时王谢堂前燕，飞入寻常百姓家"！

虽然马格达莱纳半岛堪称绝佳的避暑胜地，但留给我们更深印象的，还是桑坦德地处海湾两面临海，拥有长长的海岸线，到处是悠闲自在的情景：金黄细软的沙滩总是被人尽情享受，平躺的、散步的、戏水的……应有尽有，海堤的长椅上更是座无虚席，几乎所有人都凝望大海目不转睛，仿佛有看不够的风景。莫非这就是西班牙人想要的慵懒随意的生活？

次日我们早早地抵达"海边的散提亚拿"（Santillana del Mar），这个隐藏在绿色山坳里的中世纪古镇，就像远离尘嚣的世外桃源，引得四方游客纷纷慕名而来，极尽赞美。它古老但不破旧，大气而又精致，当年贵族们建造的一栋栋十分讲究的房子依然完好无损。在大量游客尚未拥入的午前，空荡荡的街巷里格外清静，我俩在

168

▼ 海边的散提亚拿

▲海边的散提亚拿修道院

悠悠古风中信步徘徊在光洁的鹅卵石路上，仿佛穿越回几百年前。小镇的中心是一座经典的罗马风格修道院，宗教的崇高地位昭然可见，曾经朝圣者络绎不绝，如今游客们只顾欣赏漂亮的古典建筑，纷纷在门前拍照留影。游客中会有几人知道里面安葬着中世纪早期的英雄朱丽安娜？镌刻在青史上的英名怎经得住岁月如潮的长久冲刷？古镇附近还有个著名的阿尔塔米拉洞窟，洞里的壁画乃史前欧洲旧石器时代的遗迹，为考古人类文明进程提供了重要依据，回眸 17 000 年的时空，多少英雄豪杰岂不都是昙花一现的匆匆过客？

相距不远的另一个古镇科米利亚斯（Comillas）因为两处建筑而出名。西班牙大名鼎鼎的建筑师高迪曾在这里初试牛刀，留下了早期的作品。受当地富商委托设计的豪宅十分别致，色彩

▲科米利亚斯

鲜艳大胆，且融合了伊斯兰建筑的风格，如今人去楼空，留给后人瞻仰缅怀。一墙之隔便是新哥特式的苏博亚诺宫，我们未能入内参观，却从网上查到了与它相关的资料。宫殿的主人洛佩兹出生于当地，家境贫寒，早年移民古巴闯荡，靠贩卖奴隶、经营船运生意积累了大量财富，后衣锦还乡光宗耀祖，不仅为自己建造了华丽精美的苏博亚诺宫殿，还捐赠了主教大学等各式建筑，因造福一方被国王封为侯爵及第一任地方官，可谓功名富贵齐全。小镇也曾沐浴皇恩，繁荣之极，阿方索十二世国王喜欢到此避暑度假，名人贵族纷纷献媚邀宠前来扎堆。然而再多的安富尊荣终究是过眼云烟，洛佩兹家族也难逃富不过几代的魔咒，无可奈何花落去，琼楼玉宇早已被后人变卖给当地政府。离别古镇时，车子正

▲ 科米利亚斯的高迪作品

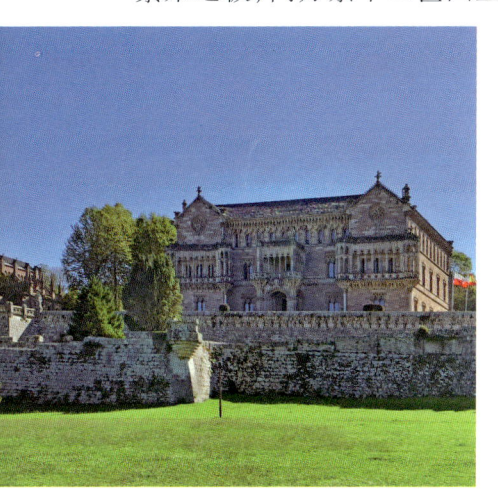

▲ 苏博亚诺宫

171

巧又经过苏博雅诺宫庄园,逆光下华美的宫殿与教堂显得无精打采,像是顾影自怜,难免给人一种"雕栏玉砌应犹在,只是朱颜改"的惆怅。欧洲的午后,正值国内的夜晚,想到此刻有多少腰缠万贯的老板仍不知疲倦地穿梭在各个饭局拿地谈项目,还有那些后生才俊,深夜仍在办公室里吃着方便面筹划融资上市,叫人心生怜悯,可纵然有一天功成名就、富甲天下又当如何?还不是赤条条来去无牵挂!

不仅钱财乃身外之物,江山社稷何尝不是?在海滨城市希洪(Gijon)我们见到一处雄伟壮丽的建筑群,一大片浅黄色的大楼合围成一个大院子,每栋楼的门厅有成排的罗马柱、屋顶有精致的古代人物雕像,还有圆形拱顶的主楼和高高的尖塔。它是佛朗哥时期建造的政绩工程——希洪大学,现已改成市民文化艺术中心,只见人流不断,有慕名来参观的游人访客,更多的是当地的学生和年轻家长带着孩子来参加各种活动。佛朗哥通过军事政变于1939年成为西班牙终身元首,直到1975年撒手人寰,牢牢统

▼原希洪大学

治西班牙 36 年之久，堪称现代欧洲史上之最。然而再铁腕的统治手段、再高超的帝王术都不可能改变一个结局：一江春水向东流，江山终入后人手。令人欣慰的是，佛朗哥晚年十分明智，没有企图让家人世袭王位，而是选择了具有民主思想的原国王的后人来继承，使西班牙的民主事业在他死后水到渠成，也保全了他自己身后没有被掘墓鞭尸。

如今的希洪没有人会怀念大独裁者佛朗哥，但事实上却在享受着佛朗哥有意铺垫或称为诚意归还的民主自由之路。海风吹拂下的希洪，空气清新，生活安闲，拥有 27 万人口，显然比一路走过的其他城镇更具有城市的风范，但又不像那些旅游大城市人满为患。虽然没有什么特别的景致，我们跟随当地人的脚步却能在平淡中体验他们真实和悠然的生活。登上城市岬角的高坡漫步，走过罗马人留下的城墙残垣和著名雕塑家奇利达设计的地标性雕塑，在海天一线一望无际的辽阔中培养博大与宽广的胸怀；坐在老城的中心广场喝杯咖啡，看晨曦晚霞中人来人往，如

▲ 希洪海滨

同感受这座城市的生生不息。希洪曾是古罗马重要的军事领地，无论是罗马帝国统治的数百年，还是佛朗哥当政的几十年，岂不都是希洪漫长历史中短暂的一页？大西洋的滚滚海浪自会冲淡人们的记忆。

▲ 奥维耶多街景

距离希洪30公里的内陆城市奥维耶多(Oviedo)是座英雄的古都。公元8世纪，当摩尔人攻占西班牙都城托莱多，西哥特王朝的后裔逃到奥维耶多建立起阿斯图里亚斯王国，成为基督教在伊比利亚半岛最后的堡垒。以后的基督教王国光复运动就是以此为据点展开，逐渐重新夺回被外族侵占的疆土。所以奥维耶多人骄傲地自称：这里是新西班牙的起源地。按照我们习惯的思维，奥维耶多堪称"革命圣地"，市中心一定会有高大的纪念碑和宏伟的纪念馆，中央政府每年都应该专程组织隆重的祭拜活动。不料我们抵达奥维耶多后，搜遍市区和山上，没见到任何纪念表彰这段光荣历史的建筑或标志。自然轮不到我们为奥维耶多抱不平，原来人家的玩法不一样！对于历史进程的一朵朵浪花从来不做刻意的渲染。

尽管如此，奥维耶多自有吸引人的地方，由于没有遭到摩尔人的入侵破坏，这里保存的古迹众多，山坡上有建于公元9世纪的圣玛丽教堂和圣米盖尔教堂，遗留至今的两座建筑已被列入世界文化遗产。老城中心的阿方索二世广场上有哥特式天主大教堂，里面安葬着阿斯图里亚斯王国的历代国王，对面不远处就是创建于17世纪初的奥维耶多大学。街巷里成群结队、络绎不绝的游客，似乎证明了人心如明镜，无关乎宣传，该来的总会来，该去的终将去。

▲奥维耶多山顶的耶稣像

听说半小时车程外有个小渔村库迪列罗（Cudillero）极其漂亮，曾在2018年西班牙最美乡村的评选中名列第二，我们自然不想错过。没想到它竟然深藏在山崖下的一道沟壑里，我们从狭窄弯曲的山道上一路下坡行驶，懵懵懂懂，不知哪里是终点。最后来到海边的一个小广场，只见路边几家餐饮店的门前座无虚席，游人来来往往，猜想已到了渔村的中心。老实说这里并没有任何名胜古迹，也根本谈不上美丽的风景，只有面朝大海依山而建的民居，层层叠叠，色彩鲜艳。可为什么人们趋之若鹜给予高度的评价呢？

▲小渔村库迪列罗

  一个人的审美情趣往往取决于生活的态度。当厌倦了尘世的纷纷扰扰便会羡慕与世无争荣辱不惊，看多了繁华落尽曲终人散，更向往平淡无奇从容不迫。或许，山崖下与世隔绝的小渔村正好可以寄托人们的梦想，在这里不需要知道外面的天地有多大，也无关岁月流淌时代变迁，只要天天面朝大海，日日艳阳高照，此心足矣！

  虽然售卖阳光和沙滩的西班牙人天性乐呵呵、慢悠悠的，但要真的做到看淡潮起潮落、花开花谢，不为浮华所动，不因日暮而悲，绝非说说那么容易，那是一场超凡脱俗的漫长修行。

寻找生活的意义

欧洲大陆的最西端被公认为是葡萄牙的罗卡角,所立的石碑上刻有著名的诗句:"陆止于此,海始于斯"。然而,受大西洋惊涛拍岸的菲斯特拉,自中世纪起就被人们以为是天涯海角,它是西班牙版图的西部尽头。在这个海岬的礁石上还可以看到一种奇怪的现象:人们在灯塔旁焚烧穿过的衣服和鞋袜。这些人都是经过长途跋涉抵达朝圣之路名义上的终点站——圣地亚哥取得朝圣完成证书,然后再往西约90公里抵达大陆尽头的菲斯特拉大海边,以抛弃旧物重新做人的传统方式来庆祝功德圆满。

当然,这里的圣地亚哥肯定不是同名的智利首都以及美国、古巴的城市,而是西班牙的千年

▲ 葡萄牙的罗卡角

古城圣地亚哥·德孔波斯特拉。这座始建于公元 10 世纪的圣城，在天主教世界的地位仅次于耶路撒冷和梵蒂冈。2016 年我们重游葡萄牙时，所到的布拉加与西班牙的圣地亚哥相距不足 200 公里，不超过两小时车程，但当时完全没想过跨国界搂草打兔子。除了缘于循规蹈矩的旅游方式，主要还是因为自称无神论者，对这座躲在西班牙西北角落里的宗教城市缺乏向往之心。

此番计划专程游览西班牙北部，事先研读旅游书籍时才发现许多对朝圣之路的介绍和赞美。传说公元 9 世纪基督十二门徒之一的雅各布的尸骨在圣地亚哥的圣山被发现，吸引各地的基督教徒纷纷前去朝拜。不顾长途跋涉风吹雨淋，哪怕翻山越岭跨江过海，无论起点于何处，最后的终点只有一个：圣地亚哥·德孔波斯特拉。长期以来人们多以为那是中世纪前后古老的往事，唯有虔诚的宗教信仰才能造就这样的苦行僧。不料近年来，越来越多的人踏上这条长达数百公里的朝圣之路，有人把它当作徒步健身，沿途欣赏绮丽的自然风光和文化景观；有人为了安抚浮躁的心灵，摆脱尘世的烦恼，放下眼前的欲望，放飞自我。如今朝圣

▼街巷里的朝圣者

之路上的"盛况",比起当年来有过之而无不及,其含义也早已超出了原有的宗教范畴。

我俩尚不具备徒步朝圣之路的诚意和勇气,但也想趁此次游览西班牙北部的机会驱车探访圣地亚哥,领略一下朝圣者的风貌。

没有亲眼所见,确难想象。未抵圣地亚哥前在古城奥维耶多的山巅上见到有人在高大的耶稣雕像下闭目合十绕行数圈,以为遇见了朝圣者。因为据介绍,古城奥维耶多正位于朝圣之路上。当我们次日进入圣地亚哥,在通往天主大教堂的各条街道上才真正见识到络绎不绝的朝圣者的标配形象:不管男女老少,人人手持登山杖或木棍,身背大大的双肩包,还附带睡垫,个个步伐坚定,目光炯炯,毫无长途跋涉后的疲惫相。

我们入住的国营古堡酒店,恰位于天主大教堂的南侧,与大教堂东西相对的德雷克伊大厦是市政厅,这几座高大的著名建筑,合围成经典中世纪风格的欧伯拉多罗广场。人流只能从广场四个对角处的小巷进出,当朝圣者源源不断地从这四个方向涌入广场,犹如殊途同归的胜利之师相约汇集于预定的目的地报到。

▼欧伯拉多罗广场

任何一个亲临圣地亚哥主教堂大广场的人，都无法不被现场的气氛所感染。有团队集体振臂欢呼的，有相拥而庆久久不肯松手的，有席地而坐静静仰望教堂的，还有头枕背包躺在地上彻底放松的。这份成功抵达终点的喜悦，虽然呈现各种不同的表现形式，但都是对含辛茹苦的回报，也是对顽强毅力和执着信念的自我褒奖。

在古堡酒店办完入住和午餐后，我们迫不及待开始满怀敬意地打量这座圣城。根据事先做好的功课，先后登上东西两面的山坡，远远地眺望古城，欣赏那一个个教堂塔楼，像是从高高低低的一片红瓦中生长出来，昂然伸向苍穹，勾画出宗教古城肃穆庄严的天际线，仿佛也印证了源于芸芸众生又超尘脱俗普照世间的宗教形象。无论从城市的哪个位置都能清晰看到高高在上的教堂

▼圣地亚哥的天际线

尖塔，正如上帝无处不在，几千年来神的精神力量时时刻刻感召着普罗大众。

　　漫步在主教堂四周的街巷里，不时与成群结队的朝圣者擦肩而过，从外形上大致可以分辨，有夫妻情侣并肩的，有父母子女同行的，也有同性朋友结伴的，更多的则是独侠客。不管他们来自哪里，从事什么职业，此刻，都以双肩背包和手杖显示其统一的身份，无关富贵贫贱。如今除了传统的从法国出发、翻越比利牛斯山的朝圣之路，还有沿大西洋海岸的西班牙北部之路，以及从西班牙南部出发的银之路，不管徒步行走哪条朝圣之路，一概统称为卡米诺，一路上都有 Camino de Santiago 的醒目路标。每年约 10 万之众走在卡米诺上，显然不再是虔诚教徒的专属之为。但无论徒步哪条路线，都要经过漫长的风

▼朝圣路线图

▲学生朝圣者

餐露宿，正所谓"劳其筋骨，饿其体肤"，如果没有一种神奇的力量驱使，又何以自找苦吃呢？2010年的美国电影《朝圣之路》试图给出答案。

影片中踏上朝圣之路的几个主要人物，没有一人是因为虔诚的信仰。有的出于为完成儿子遗愿的偶然因素，有的为了减肥、戒烟等莫名其妙的目的，还有一个因为写作缺乏灵感的作家。主角汤姆缘于对儿子的愧疚，其他三人皆因对自身的不满，但在磕磕碰碰的一路同行中，每个人都在完成一场自我修行。其实，朝圣者的徒步本身并非灵丹妙药，而是漫长的徒步旅程让人拥有充裕的时间思考和反省，在艰辛和疲乏中渐渐体会生命的意义。正如有人总结的：徒步是一次心灵上天堂、身体下地狱的旅行。影片的结尾看似与朝圣者的初衷相违：汤姆从非自愿的无奈之行到最终不但理解了儿子，自己也走上了"浪迹天涯"之路，胖子不再想减肥，戒烟者也继续吸烟，但影片以此点明了朝圣之路的"伟大"意义：寻找自我，放下杂念，免于纠结，从而达到灵魂的救赎，与自己和解。影片通过上述

▼广场上的人群

一群朝圣者的朴实故事归纳出积极的人生态度：要选择自己的生活方向，而不是仅仅活着。

在我们所住的古堡酒店侧面的步行街上，有个不显眼的门口总是簇拥着人群，必须凭一个小本子才能排队进入，原来这里就是给朝圣护照盖章的地方。朝圣的一路上约有30多座教堂为长途跋涉的朝圣者盖章作证，圣地亚哥朝圣者服务站最终的印章则是为走完朝圣之路画上圆满的句号，同时还另外颁发一张填上朝圣者姓名的朝圣完成证书。拿到证书走出大门的朝圣者大都喜形于色，这份自豪与得意，不仅是经过不懈努力终达目的的精神胜利，还具有广受尊重的实际意义。比如，荷兰、比利时等欧洲国家的法律规定，某些青少年法庭判决的有期徒刑可以用朝圣证书抵消，这分明是坚信朝圣能够解救人的灵魂。

▲排队等盖章的朝圣者

夜晚的圣地亚哥又是另一番情景，教堂附近几条街巷里人头攒动，鳞次栉比的餐馆座无虚席，有的甚至连门口都被站立者堵住了，活脱脱的一个火爆美食街。我们好不容易找到一家海鲜餐厅坐下，很想体验一下热烈的气氛。周边的食客，

没有了大背包和手杖，无法辨别其究竟是徒步而来的朝圣者，还是与我们一样的游客。不管是经过长途跋涉后想以大餐犒劳自己，还是到此一游的休闲客品尝当地风味，此刻都十分放松地沉浸在愉悦

▲圣地亚哥街景

之中。联想到朝圣之路里程碑上镌刻着的一句话：人生就是一场卡米诺（LIFE IS A CAMINO），也有人声称心灵的朝圣永无止境。我想，是否踏上朝圣之路是每个人的自主选择，也无论是否找到生活的意义，都不该影响让短暂的生命充满愉悦的本质。

▼朝圣无止境

▲寺庙色彩

穿越归来不迷茫

去过日本的人都说京都很美，甚至有不少人声称京都是最爱，可我曾经去过一次并没有这样的感觉。2007年参团首次赴日本旅游，在京都排长队看了一眼金阁寺，便匆匆赶往下一个城市，让我错以为：小小的京都也就只有这个世界文化遗产值得打卡。看来参团旅游很容易被误导。

2019年秋天再次前往京都，既有意观赏闻

名遐迩的红叶，也缘于朋友圈里对京都的赞美不绝于耳，说它完好地保留了日本的传统风貌，在那里可以穿越回到中国古代的长安。

预定的宾馆位于祇园建仁寺旁，我们从京都火车站打车前往。出租车从繁华的市区出发，不一会儿便远离了高楼大厦，拐进一条接着一条的狭窄小巷。两边有些凌乱的房屋显得陈旧而简陋，电线杆上东拉西扯缠绕不清的电线像蜘蛛网一样。偶有穿着鲜艳和服的日本女子，

▲ 进入京都老城

三三两两碎步而过。上海滩早已绝迹的人力车穿梭在街头，费劲奔跑的日本小伙子脸上挂着汗珠，也洋溢着很阳光的微笑。或许是画风变化得太快，我们根本来不及适应，怎么刚抵达就开始穿越了？

中午美美地吃了一顿和牛烧烤后，我们才煞有其事地准备穿越去古代的长安，犹如乘坐倒行的时光列车。在前往清水寺的路上，我们开始寻找与长安相似的景象。可笑的是，除了在古装影视剧里见过几个长安的镜头，我们并不清楚古代的长安究竟是什么样子的。渐渐地发现了一些似

曾相识的画面，却像是我们小时候司空见惯的上海不少老旧街区的模样，只是后来陆续被拆迁，林立的摩天大楼取而代之。

经过著名的二年坂三年坂，虽然名字听起来别扭，但眼前人声鼎

▲京都街头

沸的场景太熟悉了，仿佛是来到了国内的江南古镇。那商业味浓浓的街巷像摩肩接踵的周庄，旁边僻静的石塀小路如游人散去后乌镇的曲巷，还有成色较新的联排建筑，明显暴露出后期复建的痕迹，有点类似横店的影视园。幸好身边时常有艳丽和服的身影，一直在有意无意地提醒着我们，此刻正置身于日本。

本来以为，日本人只有在节假日才身穿和服，表示一种庄重或喜庆。来到这里才知道，每到赏枫的季节，身穿和服还能享受门票半价和公交免费的优惠，难怪触目所及总有和服闪现。偶尔也会遇见有些穿街走巷踯躅前行的和

▲老街的人流

187

服女子，冷不丁冒出一句东北话或上海话，叫人诧异。原来是赴日赏枫的中国人，租借一套和服着身已成为一种时尚，大概这也算是一种穿越吧。

京都早在公元 794 年被定为日本平安时代的首都，直到 1868 年迁都东京。京都的城市规划建造从一开始就效仿中国唐代的京师长安，以市坊制布局，东西约 4.5 公里，南北约 5.2 公里，面积为长安的 1/5，且以朱雀大路为中心左右对称，分为天皇居住的右京和贵族为多的左京。如今我们已无从考证 1 000 多年前规划建造的古城还剩下多少旧貌，但知道即使在"二战"的猛烈战火中，京都也基本没有遭受严重的轰炸，据说美国的原子弹没有扔在京都，也是出于对历史文化古城的顾忌。

来到祇园白川上的巽桥，悠悠古风迎面吹拂，这里是游人们一致公认为京都最有风情的地方，因为经典的京都元素都汇集在了一起：狭窄整洁的小巷延伸到石板小桥，跨过清清流淌的白川，

▼祇园的巽桥

沿着水岸是连成排的古老木制町屋，江户时期的建筑如今大都经营着料亭或茶屋，大玻璃窗前摇曳着柳树或枫叶，偶有艳服浓妆的艺伎碎步缓行。

我们穿过小桥流水，步入狭长的小巷，两侧矮矮的屋檐下，木格栅里有虫笼窗，窄窄的门面上挂着小匾和短帘，我们搞不清究竟是穿越到了哪个年代，抑或是来到了日本怀旧影视剧的拍摄现场。古风习习，古韵十足，不管是原汁原味的保存，还是惟妙惟肖的复建，那一段历史仿佛永远定格在了这里，难怪有人说，千年古都，世上只有一个京都！

京都也曾经历过无数次的内乱，遭受过严重的火灾，历史风貌得以完好地保存下来确属不易。路过一间间的食肆和民宿，我暗自猜想，这不会也是腾笼换鸟的结果吧？因为想起中国江南水乡的乌镇西栅玩的就是这一套，将原住民从老房子里迁出去，修旧如旧的原建筑变成了旅游服务的设施，似乎是实现了保持历史风貌和城乡更新发

▼白川旁的町屋

展的双赢。但在保护私有制的日本，想必很难有动迁之类的大手笔，也不可能强行鸠占鹊巢，如何解决历史保护与更新发展这个世界级难题，中外任何城市都无法回避。

　　陈旧的町屋，低矮狭窄，居住条件肯定不如现代化的公寓或别墅，如果一味地强调维持历史风貌，让人祖祖辈辈都生活在一成不变的一条街上、一栋房里，岂不是消极地锁住了前进的历史车轮？而中国各地近几十年来大规模破旧立新的造城运动，固然是有损历史文化的底蕴与传承，但事实上也改善了老百姓的居住条件。当同济大学的建筑学家极力呼吁保护历史风貌的时候，上海老城厢和城中村的居民正眼巴巴地盼望着拆迁。鱼和熊掌能够兼得吗？我徘徊在祇园的古巷里，若有所思，默默地寻找答案。

　　以后几天我们忙于观赏枫叶，京都最佳的枫叶观赏点基本都在寺庙里，我们马不停蹄地遍访各大古寺。从岚山的常寂光寺、宝严院到赫赫有名的金阁寺、银阁寺，在清水寺国宝级的清水舞台上任由红枫飒爽地环抱，在永观堂里细品亭台楼阁小桥

▲虔诚信徒

流水间片片枫叶的倩影，在东福寺内感受漫山遍野红似火的恢弘。一座座千百年的古刹何止是保存得完好，有的甚至如同刚建造不久，可见供奉佛像或神祖的地方备受重视，日常修缮维护相当到位。枫

▲ 老板亲自烤肉

叶婆娑照禅房，更显禅意深深。据悉，147万人口的京都竟有1 000多座寺院，从如此高的密度中不难印证宗教在日本人生活中的位置。正如统计数据表明：日本信仰宗教人数居然是总人口的两倍之多，很多人同时信奉神道教和佛教等多个宗教。因此有人分析说，日本人克己与隐忍的天性与他们虔诚的宗教信仰有关。

　　回国前一天晚上，我们再去附近的祇园晚餐。祇园作为京都的历史景观保护区，到处是居酒屋、烧烤店和茶屋。夫人费心从网上找了一家好评如潮的网红店，竟是一个极小的门面，里面只有几张桌子共13个座位，老板亲自给客人烤肉，另有一个姑娘协助服务。个子不高的中年老板，脸上始终挂着淳厚的微笑，来回忙碌在几张桌子之间。京都曾是日本1 000多年的首都，有人说

京都人有股天然的傲气，可我们在这小餐馆里，明显感受到一种质朴纯净的热情。当我们离席告别时，老板特地放下手中的活，与姑娘两人一起将我们送至门外，我们走出好几步远，老板仍在90°鞠躬。如此一家毫不起眼的小店铺，却名列京都网红烧肉店之前列，除了美味，我觉得最不容易的是几十年如一日的兢兢业业。从那张淳厚的笑脸上，可以读出难能可贵的知足自乐和心静神怡。不足20平方米的小屋子里不仅有香气袭人的烤肉，也充溢着一种不张扬、不浮躁、不激进的安宁和祥和。在繁华的都市和现代化的快节奏中，这种稀有的心境容易使人想到恰似仙境的高原湖泊，明亮如镜却又纹丝不动。

▲先斗町的窄巷

饭后我们到先斗町散步，这条与鸭川平行的长长巷子里，餐馆酒屋鳞次栉比，据说是最受游客青睐的餐饮一条街。如果不是事先做足功课，怎会知道京都繁华的四条通大街旁还藏有一条热闹的窄巷子。缓步其中，这条宽度尚不足两米的旅游特色街再次勾起我的思绪：如果不是当地政府刻意为之,眼前这个都市里的村庄如何能保存至今?而且成为高楼大厦之下的别有洞天!几天来苦苦思索的问题,顿时找到了一些灵感:虽然这个千年古都也曾几经毁损,又多次被照样复建,关键是早有保护意识的历代日本人不是通过否定过去来不断"创新",而是对自身的历史有一种敬重感和自豪感,因此不会通过大拆大建来体现城市的发展。可喜的是,这种兼顾文脉保护和城市发展的理念与方法,如今在中国也逐渐被接受和模仿,上海的田子坊便是典型的范例。

返回宾馆的途中经过花间小路,这条小街是艺伎集中的场所,可以频频见到在门外迎送客的艺伎,厚厚的

▲人力车与艺伎

粉脸类似中国京剧的脸谱。赏艺伎泡艺伎,是日本祖上流传下来的特有文化现象,有人不惜破费把艺伎当作灵魂伴侣,有人将此视作传统文化的瑰宝,不管如何评判,都不可能否定艺伎确是日本历史文化的组成部分之一。联想到京都尚存的约5万座町屋及其构成的历史景观保护区,何尝不是像这些招人显眼的艺伎一样,成为京都漫长

历史长卷中色彩鲜艳的符号，点缀了这座千年古都，但毕竟不能取代整个画面。人们缅怀也好，穿越也罢，历史的车轮滚滚向前，终究不可能停留在那个遥远的时代。且把穿越当作一次沉浸式的体验，再美好的感受也阻挡不了剧终梦醒，但可以启发人们，站在历史的屋脊之上珍惜当下，面向未来。

图书在版编目(CIP)数据

潮起潮落 / 冯文军著. —上海：上海社会科学院出版社，2023
ISBN 978-7-5520-3994-8

Ⅰ.①潮… Ⅱ.①冯… Ⅲ.①散文集—中国—当代 Ⅳ.①I267

中国版本图书馆 CIP 数据核字（2022）第 206305 号

潮起潮落

著　　者：冯文军
责任编辑：董汉玲
装帧设计：周清华
出版发行：上海社会科学院出版社
　　　　　上海顺昌路 622 号　邮编 200045
　　　　　电话总机 021-63315947　销售热线 021-53063735
　　　　　http://www.sassp.cn　E-mail：sassp@sassp.cn
照　　排：南京前锦排版服务有限公司
印　　刷：上海万卷印刷股份有限公司
开　　本：890 毫米 × 1240 毫米　1/32
印　　张：6.25
字　　数：139 千
版　　次：2023 年 1 月第 1 版　2023 年 1 月第 1 次印刷

ISBN 978-7-5520-3994-8/I·472　　　　　定价：65.00 元

版权所有　翻印必究